NOUVELLES ARCHIVES SUR SHERLOCK HOLMES

La Pensionnaire voilée

Paru dans Le Livre de Poche :

LE CHIEN DES BASKERVILLE

ÉTUDE EN ROUGE

RÉSURRECTION DE SHERLOCK HOLMES

LE SIGNE DES QUATRE

SON DERNIER COUP D'ARCHET

SOUVENIRS SUR SHERLOCK HOLMES

UN SCANDALE EN BOHÊME

LA VALLÉE DE LA PEUR

LE VAMPIRE DU SUSSEX

SIR ARTHUR CONAN DOYLE

Nouvelles archives sur Sherlock Holmes

La Pensionnaire voilée

TRADUCTION DE EVELYN COLOMB

LE LIVRE DE POCHE

ISBN : 978-2-253-14482-3 – 1re publication LGF

LA PENSIONNAIRE VOILÉE

Si l'on veut bien songer que M. Sherlock Holmes a exercé son activité pendant vingt-trois ans et que pendant dix-sept de ces vingt-trois ans j'ai pu collaborer avec lui et prendre des notes sur ses exploits, on conviendra que je dispose d'une masse considérable de documents. Le problème n'est donc pas de trouver, mais de choisir. Voici par exemple la longue rangée des agendas qui remplit toute une étagère. Et voici des malles et des valises bourrées de papiers : de quoi ravir non seulement l'étudiant en criminologie, mais aussi tous les amateurs de scandales sociaux et officiels de la fin de l'ère victorienne. Mais que se rassurent les auteurs de lettres angoissées qui nous supplient de ne pas compromettre l'honneur de leurs familles ni la réputation d'un aïeul célèbre : ils n'ont rien à craindre ! La discrétion et le sentiment élevé de ses devoirs professionnels qui ont toujours animé mon ami président à notre choix : aucun abus de confiance ne sera commis. Toutefois je désapprouve formellement de récentes tentatives en vue de s'emparer et de détruire ces papiers. Je connais leur origine. Je suis autorisé par M. Holmes à déclarer que si elles se renouvellent, toute l'histoire du politicien, du phare et du cormoran sera livrée à la curiosité du public. À bon entendeur, salut !

Il serait déraisonnable de supposer que chacune des affaires que traita Holmes lui fournit l'occasion de déployer les dons exceptionnels d'intuition et d'observation que je me suis efforcé de mettre en lumière. Tantôt il devait se donner beaucoup de mal pour cueillir le fruit, tantôt il n'avait qu'à se baisser pour le ramasser. Mais c'est souvent dans les affaires qui le mirent le moins en évidence que nous entrevîmes des tragédies humaines particulièrement terribles ; je vais en analyser une ; j'ai légèrement modifié les noms et les lieux, mais je rapporterai les faits sans en rien changer.

Un matin de la fin de l'année 1896, je reçus un billet pressant de Holmes réclamant ma présence à Baker Street. Quand j'arrivai, je le trouvai assis dans une atmosphère lourde de fumée de tabac en face d'une femme assez mûre qui avait le type conventionnel de la logeuse londonienne.

« Voici Mme Merrilow, de South Brixton, m'annonça mon ami. La fumée ne gêne pas Mme Merrilow ; aussi, Watson, si vous voulez vous livrer à votre vice abominable... Mme Merrilow a une histoire intéressante à nous conter, et cette histoire peut fort bien avoir des développements à propos desquels votre présence serait utile.

— À votre disposition.

— Vous comprenez, madame Merrilow, que si je vais voir Mme Ronder je préfère avoir un témoin. Vous aurez à l'en persuader avant notre visite.

— Que Dieu vous bénisse, monsieur Holmes ! s'écria la logeuse. Elle désire tant vous voir que vous pourriez vous faire accompagner de tout le quartier.

— Nous irons donc au début de l'après-midi. Voyons si nous possédons tous les éléments du problème. En repassant notre leçon, nous aiderions le docteur Watson à réaliser la situation. Vous dites que Mme Ronder est votre pensionnaire depuis sept ans, et que vous n'avez vu qu'une fois sa figure ?

— Et ç'a été une fois de trop, monsieur Holmes !

— Elle était, je crois, horriblement abîmée ?

— Mon Dieu, monsieur Holmes, on pourrait à peine dire que c'était une figure ! Notre laitier l'a aperçue une fois qui regardait par la fenêtre : il en a laissé tomber son seau, et tout le lait s'est répandu dans le jardin. Voilà le genre de figure qu'elle a. Quand je l'ai vue (elle ne s'était pas doutée que j'entrais chez elle) elle s'est rapidement couvert le visage et elle m'a dit : “Maintenant, madame Merrilow, vous comprenez enfin pourquoi je ne lève jamais mon voile.”

— Connaissez-vous quelque chose sur son passé ?

— Rien du tout !

— Quand elle est arrivée, vous a-t-elle fourni des références ?

— Non, monsieur. Mais elle m'a réglé comptant, et une bonne partie d'avance, sans discuter les conditions. Par les temps que nous vivons une pauvre femme comme moi ne peut pas s'offrir le luxe de tourner le dos à une chance pareille.

— Vous a-t-elle dit pourquoi elle avait choisi votre maison ?

— Ma maison est située assez loin de la route, et elle est plus isolée que beaucoup. Et puis je n'ai qu'une pensionnaire, et je suis sans famille. Je crois qu'elle en avait essayé d'autres et que la mienne lui a convenu davantage. C'est une sorte de retraite qu'elle cherche ; elle est disposée à payer pour l'avoir.

— Vous dites qu'elle n'a jamais montré son visage sauf en une seule occasion fortuite. Eh bien, c'est assez extraordinaire ! Je ne m'étonne pas que vous vouliez savoir de quoi il s'agit.

— Oh ! cela m'est égal, monsieur Holmes ! Moi, du moment que je perçois mon loyer... Impossible de trouver un locataire plus tranquille et qui vous donne moins d'embarras !

— Alors qu'est-ce qui vous a décidée ?

— Sa santé, monsieur Holmes. Elle dépérit. Et elle garde quelque chose de terrible dans la tête. "C'est un meurtre ! Un assassinat !" crie-t-elle. Et je l'ai entendue une fois : "Bête féroce ! Monstre !" qu'elle criait. C'était la nuit ; sa voix se répercutait dans toute la maison ; j'en avais des frissons ! Alors je suis allée la voir le lendemain et je lui ai dit : "Madame Ronder, si vous avez quelque chose qui vous trouble l'âme, il y a le curé et il y a la police. De l'un des deux vous devriez tirer assistance !" Elle m'a répondu : "Pour l'amour de Dieu, pas la police ! Et le curé ne pourrait rien changer au passé..." Et puis elle a ajouté : "Tout de même je serais soulagée si quelqu'un connaissait la vérité avant que je meure." Alors j'ai dit : "Si vous ne voulez pas de la police officielle, il y a ce monsieur détective dont tout le monde parle..." Je vous demande pardon, monsieur Holmes ! Et elle, elle a sauté sur l'idée : "C'est l'homme qu'il me faut ! Comment n'ai-je pas pensé à lui plus tôt ? Faites-le venir, madame Merrilow ! Et s'il ne veut pas se déranger, dites-lui que je suis la femme de Ronder le dompteur. Dites-le-lui, et communiquez-lui le nom d'Abbas Palva." Elle m'a écrit le nom et elle a conclu : "Cela le fera venir, s'il est bien tel que je me le représente."

— Et j'irai ! fit Holmes. Très bien, madame Merrilow. J'aimerais avoir une petite conversation avec le docteur Watson : elle nous mènera jusqu'à l'heure du déjeuner. Vers trois heures nous serons chez vous à Brixton. »

À peine notre visiteuse avait-elle quitté la pièce que Sherlock Holmes bondit avec une énergie farouche sur la pile des recueils de faits notables qu'il entassait par terre dans un coin. Pendant quelques minutes le bruit des pages qu'il feuilletait emplit le salon; un grognement de satisfaction m'apprit qu'il avait mis la main sur ce qu'il cherchait. Il était si énervé qu'il ne prit pas la peine de se relever: il s'assit sur le plancher comme un étrange Bouddha: jambes croisées, et entouré de gros livres dont l'un était ouvert sur ses genoux.

« L'affaire à l'époque me tourmenta, Watson. Voici mes notes marginales qui sont là pour en témoigner. J'avoue que je n'ai rien pu en tirer. Et pourtant j'étais convaincu que le coroner se trompait. Avez-vous gardé le souvenir de la tragédie d'Abbas Parva ?

— Pas le moindre, Holmes.

— Et cependant, en ce temps-là, vous viviez avec moi ! Mais mon impression personnelle a dû être très superficielle, puisqu'on n'a rien pu établir et que d'ailleurs aucune des parties n'avait loué mes services. Peut-être voudriez-vous lire ces journaux ?

— Si plutôt vous faisiez le point ?

— Ce sera facile. Les faits vont vous revenir. Ronder était un personnage connu : rival de Wombwell et de Sanger, l'un des plus grands directeurs de ménagerie de son temps. Mais il se mit à boire ; son cirque et lui étaient sur le déclin quand survint la grande tragédie. La troupe s'était arrêtée pour un soir à Abbas Parva, petit village du Berkshire ; elle se dirigeait vers Wimbledon, voyageait par la route, et elle avait campé simplement, sans monter un spectacle, car il y avait si peu d'habitants à Abbas Parva qu'elle n'aurait pas couvert les frais d'une représentation.

« Parmi les bêtes, il y avait un très beau lion d'Afrique du Nord, Sahara King. Ronder et sa femme avaient l'habitude de s'exhiber dans sa cage. Voici une photographie prise au cours d'une représentation. Vous observerez que Ronder était un colosse très porcin, tandis que sa femme était remarquablement belle. L'enquête établit que Sahara King avait manifesté certaines velléités inquiétantes ; mais, selon la coutume, la familiarité avec les fauves entraîna une confiance excessive, et ils ne tinrent pas compte de ces symptômes.

« Chaque nuit, Ronder ou sa femme allait nourrir le lion. Parfois l'un des deux y allait seul ; parfois ils se dérangeaient tous les deux ; mais jamais ils ne permirent à quelqu'un de les remplacer ; ils croyaient en effet que tant qu'ils seraient ses nourriciers le lion les considérerait comme des bienfaiteurs et ne les molesterait jamais. Ce soir-là, il y a sept ans, ils se rendirent tous deux dans la cage ; un accident épouvantable se produisit ; ses détails n'ont jamais été tout à fait éclaircis.

« Il semble que toute la caravane ait été réveillée vers minuit par les rugissements du fauve et les hurlements de la dompteuse. Les divers valets et employés se précipitèrent hors de leurs tentes avec des lanternes ; un spectacle affreux les attendait. Ronder gisait, le crâne fracassé avec de profondes traces de griffes en travers de son cuir chevelu, à quelque dix mètres de la cage qui était ouverte. Près de la porte, Mme Ronder était allongée sur le dos : le fauve était accroupi et grondait au-dessus d'elle. Il lui avait déchiré le visage avec une telle cruauté qu'il paraissait impossible qu'elle pût survivre à ses blessures. Plusieurs artistes du cirque conduits par Leonardo l'hercule et Griggs le clown écartèrent le lion avec des bâtons, le repoussèrent dans sa cage et l'y renfermèrent. On supposa que les Ronder avaient voulu pénétrer dans la cage, mais que lorsque la porte avait été ouverte le fauve avait bondi sur eux. L'enquête ne révéla rien d'autre, sinon que la dompteuse ne cessait de hurler dans son délire : « Lâche ! Le lâche ! » tandis qu'on la transportait à sa roulotte. Six mois s'écoulèrent avant qu'elle fût en état de témoigner, mais l'enquête avait déjà été close sur un verdict de mort par accident.

— Quelle autre hypothèse pouvait être retenue ? m'exclamai-je.

— Certes ! Et pourtant quelques petits détails troublèrent le jeune Edmunds, de la police du Berkshire. Un garçon bien, celui-là ! Depuis il a été envoyé à Allahabad. Voilà comment je m'intéressai à l'affaire : il passa par ici et nous fumâmes quelques pipes au-dessus du dossier.

— Un maigre avec des cheveux jaunes ?

— Oui. J'étais sûr que vous vous remettriez sur la piste.

— Mais par quoi était-il troublé ?

— Eh bien, tous les deux nous avons été troublés. C'était diablement difficile de reconstituer l'affaire. Placez-vous au point de vue du lion. Il est libéré. Que fait-il ? Il s'élance ; une demi-douzaine de bonds en avant l'amènent sur Ronder. Ronder fait demi-tour pour s'enfuir (les traces des griffes sont situées sur le derrière de la tête) mais le lion le fait rouler sur le sol. Et voilà qu'au lieu de continuer à foncer et à s'évader, il revient sur la dompteuse qui était restée près de la cage, il la renverse et la défigure… Puis, encore, il y a les hurlements de Mme Ronder, qui semblent reprocher à son mari une certaine défaillance. Mais qu'aurait pu tenter le pauvre diable pour la secourir ? Vous voyez la difficulté ?

— Très bien.

— Il y a aussi un autre détail qui me revient à

l'esprit pendant que je revis toute cette histoire. On a plus ou moins la preuve qu'au moment où le lion rugissait et la femme hurlait, un homme a poussé des cris de terreur.

— Ronder, sans doute ?

— Ma foi, avec le crâne fracassé, il y avait peu de chances pour qu'on entendît sa voix ! Deux témoins au moins ont certifié que des cris d'homme se mêlaient aux cris de la dompteuse.

— Je suppose que tout le camp devait crier et hurler... Quant au reste, j'ai peut-être une explication à vous offrir.

— Je serais ravi de l'entendre.

— Les deux dompteurs étaient ensemble, à dix mètres de la cage, quand le lion est sorti. L'homme a voulu s'enfuir et a été abattu. La femme a conçu l'idée qu'elle pourrait rentrer dans la cage et s'y enfermer : c'était son unique refuge. Elle a essayé ; au moment où elle arrivait à la porte le fauve a bondi sur elle et l'a jetée par terre. Elle en voulait à son mari parce qu'il avait encouragé la fureur du fauve en tentant de fuir. S'ils lui avaient fait face, peut-être l'auraient-ils impressionné. D'où ces cris de "Lâche !"

— Très brillant, Watson ! Une seule paille dans votre cristal.

— Laquelle ?

— S'ils se trouvaient tous deux à dix mètres de la cage, comment le lion serait-il sorti ?

— Ils avaient peut-être un ennemi qui aurait entrouvert la porte.

— Et pourquoi le fauve les aurait-il attaqués sauvagement alors qu'il les connaissait bien, qu'il jouait avec eux dans la cage ?

— Le même ennemi l'avait peut-être rendu préalablement furieux ? »

Holmes demeura pensif pendant quelques instants.

« Ma foi, Watson, votre thèse peut s'étayer sur certains faits. Ronder avait beaucoup d'ennemis. Edmunds m'a dit que lorsqu'il avait bu, il était terrible. Ce colosse chassait à coups de fouet tous ceux qui osaient lui résister. Je suppose que les cris que nous a rapportés Mme Merrilow, ces cris de "Monstre !" étaient des réminiscences nocturnes concernant son cher défunt. Toutefois nos spéculations sont futiles, puisque nous ne connaissons pas les faits. Sur le buffet, Watson, il y a une perdrix en gelée et une bouteille de Montrachet. Restaurons nos énergies avant de faire appel à elles ! »

*

Quand notre fiacre nous déposa devant la maison de Mme Merrilow, la logeuse vint bloquer de sa silhouette majestueuse la porte de sa modeste demeure. Il était évident qu'elle craignait beaucoup de perdre une pensionnaire intéressante ; aussi nous supplia-t-elle, avant de nous laisser monter, de ne rien dire ni faire qui pût aboutir à un résultat aussi affligeant. L'ayant rassurée, nous la suivîmes dans l'escalier recouvert d'un méchant tapis, et elle nous introduisit chez sa locataire mystérieuse.

La pièce sentait le moisi et le renfermé ; elle était mal aérée. Après avoir gardé des fauves en cage, la pensionnaire semblait, par l'effet d'une quelconque revanche du destin, être devenue à son tour une bête en cage. Elle s'assit sur un fauteuil branlant dans le coin le plus sombre. De longues années d'inaction avaient engraissé sa silhouette, mais elle avait dû être fort belle car son corps était encore plein et voluptueux. Un voile noir très épais recouvrait son visage ; fendu à la hauteur de la lèvre supérieure, il nous permit néanmoins de voir une bouche parfaite et un menton à l'ovale délicat.

Certainement elle avait été une femme remarquable. Sa voix bien modulée ne manquait pas d'agrément.

« Mon nom ne vous est pas inconnu, monsieur Holmes ! dit-elle. Je pensais que vous viendriez.

— C'est exact, madame, mais je ne sais pas comment vous pouvez vous douter que je me suis intéressé à votre affaire.

— Je l'ai appris quand j'ai été rétablie et quand j'ai été interrogée par M. Edmunds, le policier du comté. Je crains de lui avoir menti. Peut-être aurais-je mieux fait de lui dire la vérité.

— Il vaut toujours mieux dire la vérité. Mais pourquoi lui avez-vous menti ?

— Parce que le destin de quelqu'un dépendait de ma déposition. Certes ce quelqu'un est un être indigne, mais je ne voulais pas avoir son anéantissement sur la conscience. Nous avions été si proches… si proches !

— Mais ce scrupule est levé à présent ?

— Oui, monsieur. L'être auquel j'ai fait allusion est mort.

— Alors pourquoi ne pas aller dire maintenant à la police tout ce que vous savez ?

— Parce qu'il y a une autre personne en cause. Cette autre personne est moi-même. Je ne pourrais pas supporter le scandale et la publicité consécutive à une enquête de police. Je n'ai plus longtemps à vivre, mais je veux mourir tranquille. Et pourtant je voulais trouver un homme de bon jugement à qui conter ma terrible histoire, afin que lorsque je partirai tout soit su, et compris.

— Vous me complimentez, madame. Mais je suis une personne responsable. Il se peut qu'après vous avoir entendue je juge de mon devoir d'aller en référer à la police.

— Je ne pense pas, monsieur Holmes. Je connais

très bien votre caractère et vos méthodes car je suis votre travail depuis quelques années. Lire est le seul plaisir qui me soit laissé ; je suis donc au courant de tout ce qui se passe dans le monde. Quoi qu'il advienne, je cours le risque. Après vous avoir parlé j'aurai l'esprit en repos.

— Mon ami et moi serons heureux de vous entendre. »

Elle se leva et prit dans un tiroir la photographie d'un homme. C'était un acrobate, un athlète magnifique. La photographie le représentait les bras croisés sur un torse vigoureux ; un sourire se dessinait sous une lourde moustache : le sourire satisfait de Don Juan.

« C'est Leonardo, dit-elle.

— Leonardo l'hercule, qui témoigna ?

— Oui. Et celui-ci, c'est mon mari. »

Le visage était abominable : un porc humain, ou plutôt un ours sauvage fait homme, car il était formidable dans sa bestialité. On imaginait aisément la bouche vile mâchonnante et écumante de rage. Quant aux petits yeux vicieux, ils ne pouvaient que projeter de la méchanceté sur le monde. Une brute, un bravache, une bête : voilà l'impression que faisait cette tête aux lourdes bajoues.

« Ces deux photographies vous aideront à comprendre, messieurs, mon histoire. J'étais une pauvre écuyère de cirque élevée sur la piste ; je sautais dans des cerceaux quand je n'avais pas encore dix ans. Lorsque je devins femme, cet homme m'aima, en admettant que je puisse baptiser d'amour son désir. Un jour de malheur je l'épousai. À dater de ce jour j'eus une vie d'enfer ; il était le diable qui me torturait. Tout le monde au cirque était au courant. Il me délaissait pour d'autres femmes. Lorsque je me plaignis il me ligota et me battit à coups de cravache. Tous avaient pitié de moi et le maudissaient, mais que pouvaient-ils faire ? Ils le redoutaient, ils avaient peur de lui. Car de tout temps il s'était montré terrible, et quand il avait bu il aurait tué. Plusieurs fois il eut des ennuis avec la justice, parce qu'il attaquait des hommes, ou parce qu'il maltraitait des animaux. Mais il gagnait beaucoup d'argent, et il se moquait des amendes. Ses meilleurs collaborateurs le quittèrent ; le cirque commença à décliner. Il n'y avait plus que Leonardo et moi pour le maintenir, ainsi que le petit Griggs, le clown. Pauvre diable ! Il n'avait pas beaucoup de raisons d'être drôle, mais il faisait l'impossible pour tenir son rôle.

« Leonardo entra de plus en plus dans ma vie. Vous voyez comme il était bel homme. Je sais maintenant quelle âme habitait ce corps ! Comparé à mon mari il ressemblait à l'ange Gabriel. Il me prit en pitié, il m'aida. Finalement notre intimité se transforma en amour : un amour profond, profond ! Passionné. L'amour auquel j'avais toujours rêvé mais que je n'avais jamais espéré ressentir. Mon mari le soupçonna, mais il était aussi lâche que brutal, et Leonardo était le seul homme qu'il redoutait. Il se vengea à sa manière en me torturant plus que jamais. Un soir mes cris attirèrent Leonardo à la porte de notre roulotte. Nous frôlâmes la tragédie cette nuit-là, et bientôt mon amant et moi nous comprîmes que nous ne pourrions l'éviter. Mon mari n'étant pas digne de vivre, nous décidâmes qu'il devait mourir.

« Leonardo était intelligent, il avait un esprit organisateur. C'est lui qui conçut notre plan. Je ne le dis pas pour lui en faire grief car j'étais résolue à tout pour faire ma vie avec lui. Mais je n'aurais jamais eu son idée. Nous fabriquâmes une massue (Leonardo la fabriqua) et dans l'extrémité plombée il ficha cinq clous en fer, pointes dehors, exactement comme une patte de lion. Cela afin d'assener à mon mari un coup mortel tout en laissant supposer que ce serait le lion (préalablement détaché par nous) qui l'aurait tué.

« Il faisait nuit noire quand mon mari et moi nous sortîmes, comme d'habitude, pour donner à manger au fauve. Nous avions emporté la viande crue dans un seau en zinc. Leonardo s'était embusqué au coin de la roulotte devant laquelle nous devions passer avant d'arriver à la cage. Il fut trop lent. Nous arrivâmes avant qu'il fût en mesure de frapper, mais il nous suivit sur la pointe des pieds, et j'entendis le bruit mat du gourdin qui fracassa le crâne de mon mari. Mon cœur bondit de joie. Je partis en courant et je défis le cadenas qui fermait la porte de la cage.

« Alors survint l'atroce. Vous savez peut-être que les fauves sont prompts à sentir le sang humain et que cette odeur les excite. Un instinct avait immédiatement averti cette bête qu'un être humain avait été blessé. Au moment où je retirai les barres, le lion s'élança et me sauta dessus. Leonardo aurait pu me sauver. S'il avait foncé et frappé le fauve avec le gourdin, il l'aurait repoussé. Mais il perdit la tête. Je l'entendis crier. Puis je le vis faire demi-tour et fuir... Juste à l'instant où les crocs du lion s'enfonçaient dans ma figure ! Le souffle chaud et nauséabond du fauve m'avait déjà à demi asphyxiée et je ne ressentis qu'une faible douleur. Avec les paumes de ma main j'essayai de repousser ses grandes mâchoires fumantes, tachées de sang, et je hurlai au secours. J'eus conscience que la caravane s'agitait, et puis je me souviens d'un groupe d'hommes, Leonardo, Griggs et d'autres, qui me tiraient des griffes du fauve. Ce fut mon dernier souvenir, monsieur Holmes, pendant des mois abominables. Quand je fus rétablie, je me regardai dans une glace, et alors je maudis ce lion... Oh !

comme je le maudis !... Non pas parce qu'il avait détruit ma beauté, mais parce qu'il ne m'avait pas détruite, moi ! Je n'eus plus qu'un désir, monsieur Holmes, et j'avais assez d'argent pour le satisfaire : couvrir ce pauvre visage afin qu'il ne fût vu de personne, et habiter en un lieu où aucun de ceux que j'avais connus ne me découvrirait. Il ne me restait plus autre chose à faire. Je l'ai fait. Une misérable bête blessée qui a rampé jusqu'à son trou pour mourir : voilà la fin d'Eugenia Ronder. »

Nous demeurâmes quelque temps silencieux. Puis Holmes allongea son grand bras et lui caressa la main avec une force de sympathie qui me surprit.

« Pauvre femme ! dit-il. Les voies du Destin sont vraiment impénétrables ! S'il n'existe pas de compensations dans l'Au-delà, alors le monde n'est qu'un jeu cruel. Mais qu'est devenu ce Leonardo ?

— Jamais plus je ne l'ai vu. Jamais plus je n'en ai entendu parler. Peut-être ai-je eu tort d'éprouver une telle rancœur contre lui. Mais l'amour d'une femme ne se brise pas facilement. Il m'avait abandonnée sous les griffes du lion ; il avait fui alors que je criais au secours... Pourtant je n'ai pas été capable de l'envoyer à l'échafaud. Pour moi, je ne me souciais pas de ce qui pouvait m'arriver. Quoi de plus terrible que ma vie actuelle ? Je me suis quand même interposée entre Leonardo et son destin.

— Et il est mort ?

— Il s'est noyé le mois dernier en se baignant près de Margate. Je l'ai appris par le journal.

— Et que fit-il de son gourdin à cinq clous, qui est bien le détail le plus bizarre de tout votre récit ?

— Je n'en sais rien, monsieur Holmes. Il y avait une carrière de craie à côté du campement, avec une grande mare en bas. Peut-être au plus profond de cette eau...

— Oh ! c'est sans importance maintenant ! L'affaire est close.

— Oui, répéta la femme, l'affaire est close. »

Nous nous étions levés pour partir, mais il y avait eu dans la voix de l'ex-dompteuse un accent qui retint l'attention de Holmes. Il se tourna vers elle.

« Votre vie ne vous appartient pas, lui dit-il. N'y attentez pas.

— À qui peut-elle être utile ?

— Comment pouvez-vous dire une chose pareille ? L'exemple du malade qui souffre est la plus précieuse de toutes les leçons qui puisse être donnée à un monde impatient. »

La réponse de Mme Ronder fut terrible. Elle leva son voile et s'avança vers la lumière du jour.

« Je me demande si vous le supporteriez ! » dit-elle.

C'était horrible ! Il n'y a pas de mots pour dépeindre le cadre d'un visage quand le visage n'est plus. Deux très beaux yeux noirs vivants émergeaient tristement d'une ruine effroyable et ajoutaient à l'horreur de cette vision. Holmes leva les mains dans un geste de pitié et de protestation. Ensemble nous quittâmes la pièce.

*

Deux jours plus tard, quand je me rendis chez mon ami, il me désigna avec une certaine fierté une petite fiole bleue sur sa cheminée. Je la pris et l'examinai. Elle portait une étiquette « Poison ». Une agréable odeur d'amandes me flatta les narines quand je la débouchai.

« Acide prussique ?

— Exactement, me répondit Holmes. Elle m'est arrivée par la poste. “Je vous envoie ma tentation.

Je suivrai votre conseil." Voilà quel message l'accompagnait. Je crois, Watson, que nous pouvons deviner le nom de la femme courageuse qui a fait le paquet. »

LE PROBLÈME DU PONT DE THOR

Quelque part sous les voûtes de la banque Cox & Co, à Charing Cross, il y a une malle en fer-blanc cabossée qui a beaucoup voyagé et qui porte sur le couvercle mon nom : « John H. Watson, docteur en médecine, démobilisé de l'armée des Indes. » Elle est bourrée de papiers, de notes, de dossiers concernant les divers problèmes qu'eut à résoudre M. Sherlock Holmes. Certains, et pas les moindres, se sont soldés par des échecs, et ne méritent donc pas d'être contés puisqu'ils demeurent inexpliqués. Un problème sans solution peut intéresser un amateur, mais il ennuierait le lecteur occasionnel. Au nombre de ces histoires sans conclusion figure celle de M. James Philimore qui, rentrant chez lui pour prendre son parapluie, ne reparut plus jamais. Non moins remarquable, celle du cutter *Alicia* qui, par une matinée de printemps, s'enfonça dans un petit banc de brume d'où il ne ressortit point. Une troisième histoire digne d'être citée est celle d'Isadora Persano, le journaliste et duelliste bien connu, qui un matin fut trouvé fou devant une boîte d'allumettes contenant un ver mystérieux que la science ignorait. En dehors de ces énigmes impénétrables, quelques problèmes relatifs à des secrets de famille sèmeraient, s'ils étaient révélés, l'effroi et la consternation dans de hautes sphères de la société ; je n'ai nul besoin de préciser qu'une semblable indiscrétion est impensable, et que ces archives seront mises à part et détruites, puisque mon ami a maintenant le temps de consacrer son énergie au classement de ses dossiers. Il reste une quantité considérable d'affaires d'un intérêt variable que j'aurais publiées déjà si je n'avais pas craint de saturer le public et d'affecter ainsi la réputation d'un homme que je révère pardessus tous. J'ai été mêlé à certaines et je puis en parler en qualité de témoin oculaire ; pour d'autres au contraire, ou bien j'étais absent ou bien j'ai joué un rôle si modeste qu'elles ne pourraient être contées que par une troisième personne. L'histoire que voici est tirée de mon expérience personnelle.

Par un triste matin d'octobre, j'observai tout en m'habillant l'envol des dernières feuilles que le vent arrachait au platane solitaire qui égayait la cour derrière la maison. Puis je quittai ma chambre pour prendre mon petit déjeuner et je m'apprêtai à affronter la morosité de mon compagnon car, semblable en cela à tous les grands artistes, il était fréquemment impressionné par l'ambiance extérieure. Erreur : il me témoigna une humeur joyeuse, avec cette sorte de gaieté sinistre qui caractérisait ses meilleurs moments.

« Vous avez en vue une affaire intéressante. Holmes ?

— La faculté de déduction est certainement contagieuse, Watson ! Elle vous a permis de percer mon secret. Oui, j'ai une affaire intéressante en vue. Après un mois de banalités et de stagnation, la roue recommence à tourner.

— Pourrai-je prendre ma part dans cette affaire ?

— Il y a peu à partager. Mais nous en discuterons quand vous aurez dégusté les deux œufs à la coque

que nous a préparés notre nouvelle cuisinière. Ils sont plus durs que mollets. Leur médiocrité n'est peut-être pas sans rapport avec l'exemplaire du *Family Herald* que j'ai remarqué hier sur la table de l'entrée. Un problème aussi vulgaire que la cuisson d'un œuf requiert une attention concentrée sur la marche du temps incompatible donc avec le roman d'amour de cet excellent hebdomadaire. »

Un quart d'heure plus tard, la table étant desservie, nous nous installâmes face à face. Il tira une lettre de sa poche.

« Vous connaissez de nom Neil Gibson, le roi de l'or ? me demanda-t-il.

— Le sénateur américain ?

— C'est-à-dire qu'il a été autrefois sénateur de je ne sais plus quel État de l'ouest, mais il est aujourd'hui célèbre en tant que propriétaire des plus importantes mines d'or du monde.

— Oui, je le connais. Il a dû vivre quelque temps en Angleterre. Son nom m'est très familier.

— Exact. Il a acheté il y a cinq ans un domaine immense dans le Hampshire. Vous avez entendu parler de la fin tragique de sa femme ?

— Bien sûr ! Je me la rappelle maintenant. Voilà pourquoi son nom me disait quelque chose. Mais je ne sais rien des détails. »

Holmes balança sa main vers quelques journaux sur une chaise.

« Je ne me doutais nullement que j'aurais à m'occuper de cette affaire ; autrement j'aurais découpé tous les extraits de presse pour m'aider. De fait, le problème, bien que très sensationnel, ne semblait pas présenter de difficultés majeures. La personnalité intéressante de l'accusée ne diminue pas l'évidence des preuves. Ce point de vue fut soutenu par le coroner et aussi dans les délibérations du tribunal. L'affaire est à présent inscrite au rôle des assises de Winchester. Je crains que ce ne soit une affaire ingrate. Je peux découvrir des faits, Watson ; mais je ne peux pas les modifier. S'il n'en surgit pas de tout à fait neufs et imprévus, je ne vois pas ce que mon client a le droit d'espérer.

— Votre client ?

— Ah ! j'oubliais que je ne vous avais pas informé ! Vous voyez, Watson, je prends vos mauvaises habitudes : je raconte les histoires en commençant par la fin ! Lisez ceci. »

La lettre qu'il me tendit et dont voici le texte était d'une écriture ferme, imposante :

Claridge's Hotel,
3 octobre

Cher Monsieur Sherlock Holmes,

Il m'est impossible d'assister à la condamnation à mort de la meilleure femme que Dieu ait créée sans tenter le maximum pour la sauver. Je ne puis expliquer les choses. Je ne puis même pas essayer de les expliquer. Mais je sais, au-delà de tout doute, que Mlle Dunbar est innocente. Vous connaissez les faits. Qui les ignore ? Tout le pays en a parlé. Et jamais une voix ne s'est élevée en sa faveur ! C'est une pareille injustice qui me rend fou. Cette femme a un cœur tel qu'elle ne ferait pas de mal à une mouche. Je me rendrai donc chez vous demain à onze heures pour voir si vous ne pouvez pas apporter un rayon de lumière dans ces ténèbres. Peut-être ai-je un indice sans le savoir. N'importe comment, je mets à votre disposition, si vous pouvez la sauver, tout ce que je sais, tout ce que je possède et tout ce que je suis. Si jamais au cours de votre vie vous avez montré votre pouvoir, jetez-le tout entier dans cette affaire.

Votre dévoué

J. NEIL GIBSON.

« Voilà ! fit Sherlock Holmes en secouant les cendres de sa première pipe de la journée et en la remplissant à nouveau. Voilà le gentleman que j'attends. Pour ce qui est de l'histoire, vous manquez de temps pour assimiler tous les journaux ; aussi je vais vous la résumer en quelques phrases afin que vous vous intéressiez intelligemment à ce cas. Gibson est la plus grande puissance financière du monde ; il a un caractère, je crois, aussi violent que formidable. Il a épousé une femme, la victime de cette tragédie, dont je ne sais rien sinon qu'elle n'était plus de la première jeunesse, ce qui me paraît d'autant plus regrettable qu'une gouvernante pleine d'attraits dirigeait l'éducation de deux jeunes enfants. Voilà les trois personnes en cause ; pour théâtre un grand vieux manoir au centre d'un domaine anglais historique. Venons-en à la tragédie. On a trouvé l'épouse dans le parc, à près de huit cents mètres de la maison, tard dans la nuit, vêtue d'une robe de dîner et d'un châle sur les épaules, avec une balle de revolver dans la tête. Pas d'arme auprès d'elle. Aucun indice sur les lieux quant au meurtrier. Pas d'arme auprès d'elle, Watson ! Attention à ce point-là ! Le crime semble avoir été commis tard dans la soirée ; le corps a été découvert par un garde-chasse vers onze heures ; il a été examiné par la police et par le médecin avant d'avoir été ramené à la maison. Est-ce trop condensé, ou suivez-vous bien ?

— Tout est très clair. Mais pourquoi suspecter la gouvernante ?

— Eh bien, parce que d'abord il y a eu une sorte de preuve très directe. Un revolver, avec une balle en moins et d'un calibre correspondant, a été trouvé sur le plancher de son armoire... »

Ses yeux s'immobilisèrent et il répéta :

« ... Sur... le... plancher... de... son... armoire... »

Puis il sombra dans un silence qui m'indiqua qu'il avait mis en route un raisonnement. Je n'étais pas assez stupide pour l'interrompre. Soudain il tressaillit et retomba dans la vie.

« ... Oui, Watson, ce revolver a été trouvé. Sale coup, n'est-ce pas ? La justice a pensé que c'était plutôt condamnable. Par ailleurs la victime avait sur elle un billet lui donnant rendez-vous à cet endroit et signé de la gouvernante. Qu'en pensez-vous, hé ? Enfin, voici le mobile du crime : le sénateur Gibson ne manque pas de charme ; si sa femme meurt, qui peut la remplacer mieux que cette jeune demoiselle déjà comblée, selon tous les témoignages, d'attentions pressantes de la part de son employeur ? L'amour, la fortune, la puissance : tout cela dépendant d'une seule existence parvenue à mi-course... C'est laid, Watson ! Très laid !

— Oui, bien sûr, Holmes !

— Et elle n'a pas pu non plus se prévaloir d'un alibi. Au contraire, elle a dû admettre qu'elle était descendue près du pont de Thor (la scène du drame) vers la même heure. Elle n'a pas pu le nier, car un villageois qui passait par là l'avait vue.

— Décisif, non ?

— Et pourtant, Watson ! Et pourtant !... Ce pont (une seule grande arche de pierre avec parapets) passe au-dessus de la partie la plus étroite d'une longue nappe d'eau profonde et bordée de roseaux. On l'appelle l'étang de Thor. À l'entrée du pont gisait le cadavre de la femme de notre client. Tels sont les faits essentiels. Mais voici, si je ne me trompe pas, M. Gibson : il est bien en avance ! »

Billy avait ouvert la porte, mais le nom qu'il annonça n'était pas celui que nous escomptions, M. Marlow Bates nous était inconnu à tous deux. C'était un tout petit bout d'homme maigre et nerveux ; il avait des yeux pleins d'effroi et des manières hésitantes. Un seul regard professionnel m'avertit qu'il était au bord de la dépression nerveuse.

« Vous semblez agité, monsieur Bates ! dit Holmes. Asseyez-vous, je vous prie. Je crains de ne pouvoir vous accorder beaucoup de temps, car j'ai un rendez-vous à onze heures.

— Je le sais, balbutia notre visiteur qui expulsait ses phrases comme quelqu'un qui aurait perdu haleine. M. Gibson va venir. M. Gibson est mon patron. Je suis le régisseur de son domaine. Monsieur Holmes, c'est un scélérat... Un infernal scélérat !

— Vous parlez raide, monsieur Bates !

— Je mets de l'emphase, monsieur Holmes, parce que mon temps est limité. Je ne voudrais pour rien au monde qu'il me trouve ici. Il ne va pas tarder maintenant. Mais je n'ai pas pu venir plus tôt. Son secrétaire M. Ferguson ne m'a informé que ce matin de son rendez-vous avec vous.

— Et vous êtes son régisseur ?

— Je lui ai remis ma démission. Dans quinze jours j'en aurai terminé avec un maudit esclavage. C'est un homme dur, monsieur Holmes, dur pour tous ceux qui l'entourent. Ses charités publiques lui servent d'écran pour masquer ses iniquités privées. Mais sa femme a été sa principale victime. Il était brutal envers elle... Oui, monsieur, brutal ! Comment elle est morte je n'en sais rien, mais je suis sûr qu'il l'avait rendue très malheureuse. Elle était originaire des tropiques, Brésilienne de naissance ; vous le savez sans doute ?

— Non ; cela m'avait échappé.

— Tropicale de naissance ; tropicale de tempérament. Fille du soleil et de la passion. Elle l'avait aimé comme peuvent aimer ce genre de femmes ; seulement quand ses charmes physiques ont perdu de leur éclat (il paraît qu'ils avaient été extraordinaires) plus rien ne l'a retenu. Tous nous aimions cette femme, nous compatissions, et nous le détestions pour la manière dont il la traitait. Mais il est enjôleur et rusé. Voilà ce que je voulais vous dire. Ne le jugez pas sur son extérieur. Il dissimule tant de choses derrière ! Maintenant je m'en vais. Non, ne me retenez pas ! Il va arriver ! »

Sur un ultime regard à notre horloge, notre étrange visiteur courut littéralement vers la porte et disparut.

« Eh bien ! fit Holmes au bout d'un bref silence. M. Gibson semble avoir des employés d'une loyauté peu banale ! Mais cet avertissement n'est pas inutile ; nous n'avons plus qu'à attendre l'homme lui-même. »

À l'heure convenue un pas lourd retentit dans l'escalier, et le célèbre millionnaire fut introduit. À le voir, je compris non seulement les frayeurs et la haine du régisseur, mais aussi les exécrations que tant de ses rivaux en affaires avaient entassées sur sa tête. Si j'étais sculpteur et si je désirais symboliser l'homme d'affaires qui réussit, ses nerfs d'acier et sa conscience en cuir, je choisirais M. Neil Gibson comme modèle. Sa grande silhouette maigre et osseuse suggérait la faim et la rapacité. Un Abraham Lincoln voué à des sentiments bas et non aux idéaux élevés donnerait une idée de l'homme. On aurait pu croire sa figure ciselée dans le granit, tant elle était dure, marquée, impitoyable. Des rides profondes évoquaient toutes sortes de crises. Ses yeux gris, glacés, pleins de finesse, nous dévisagèrent successivement. Il s'inclina courtoisement quand Holmes me présenta puis, avec un air incomparable de propriétaire, tira une chaise vers mon compagnon et s'assit à côté de lui presque genou contre genou.

« Permettez-moi de vous dire dès l'abord, monsieur Holmes, commença-t-il, que dans cette affaire l'argent ne compte pas, Vous pouvez le brûler si c'est nécessaire pour que la vérité éclate. Cette femme est innocente ; elle doit être lavée de ce dont elle est accusée ; à vous de le prouver. Fixez-moi votre chiffre !

— Mes frais professionnels sont établis d'après un barème fixe, répondit froidement Holmes. Je ne les modifie pas, sauf quand j'en tiens quittes certains clients.

— Eh bien, puisque les dollars vous importent peu, songez à votre réputation. Si vous tirez cette jeune femme d'affaire, tous les journaux d'Amérique et d'Angleterre chanteront vos louanges. Vous serez la coqueluche des deux continents.

— Merci, monsieur Gibson. Je ne crois pas que j'aie besoin que l'on chante mes louanges. Vous serez sans doute surpris d'apprendre que je préfère travailler anonymement, et que seul le problème m'intéresse... Mais nous perdons du temps. Venons-en aux faits.

— Je crois que vous trouverez les principaux dans les comptes rendus de la presse. Je ne vois pas ce que je pourrais ajouter. Mais s'il y a un détail sur lequel vous souhaiteriez être éclairé, je suis ici pour vous aider.

— Un point seulement.

— Lequel ?

— Quelle était exactement la nature de vos relations avec Mlle Dunbar ? »

Le roi de l'or sursauta et se souleva de son siège. Puis il reprit possession de son calme massif.

« Je suppose que vous êtes dans votre droit, et même dans l'exercice de votre devoir, pour me poser une telle question, monsieur Holmes.

— Nous sommes deux à le supposer, répondit Holmes.

— Alors je puis vous assurer que nos relations ont toujours été absolument celles d'un employeur à l'égard d'une jeune demoiselle avec laquelle il ne s'est jamais entretenu et qu'il n'a jamais vue que lorsqu'elle était en compagnie des enfants. »

Holmes se leva.

« Je suis un homme occupé, monsieur Gibson ! dit-il. Je n'ai ni le loisir ni le goût des conversations inutiles. Je vous souhaite le bonjour. »

Notre visiteur s'était également levé, et il dominait Holmes de toute sa masse. Un éclair de fureur jaillit sous ses sourcils hérissés ; ses joues se colorèrent.

« Que diable entendez-vous par cela, monsieur Holmes ? Vous récusez mon offre ?

— Eh bien, monsieur Gibson, vous du moins, je vous récuse. J'aurais cru que mes mots étaient clairs.

— Tout à fait clairs, mais qu'y a-t-il derrière eux ? Une majoration de votre prix, ou la peur de vous mêler de l'affaire, ou quoi ? J'ai droit à une réponse claire.

— En effet, dit Holmes. Et je vais vous la donner. Cette affaire est suffisamment compliquée au départ pour qu'il n'y soit pas ajouté la difficulté supplémentaire d'un faux renseignement.

— Ce qui veut dire que je mens ?

— Ma foi, j'essayais de l'exprimer avec toute la

délicatesse possible, mais si vous insistez sur le terme, je ne vous contredirai point. »

Je me levai précipitamment, car le millionnaire était devenu apoplectique, et il avait levé son gros poing noueux. Holmes lui répliqua par un sourire nonchalant et il allongea le bras pour prendre sa pipe.

« Ne soyez pas bruyant, monsieur Gibson ! Je considère qu'après le petit déjeuner la moindre discussion peut provoquer des troubles physiologiques. Je pense qu'une marche à pied au grand air du matin et un peu de repos vous feraient beaucoup plus de bien. »

Avec effort, le roi de l'or maîtrisa sa fureur. Je ne pus que l'admirer, car au prix d'un suprême domptage de ses nerfs la flamme de sa colère s'éteignit pour faire place à une indifférence glacée et méprisante.

« Bien. Vous avez choisi. Je suppose que vous savez comment mener vos affaires. Je ne peux pas vous obliger contre votre volonté à vous occuper de ce cas. Vous vous êtes fait du tort ce matin, monsieur Holmes, car j'ai brisé plus forts que vous. Personne ne s'est mis en travers de ma route, jamais !

— J'ai souvent entendu des menaces, dit Holmes en souriant. Et pourtant je vis encore. Au revoir, monsieur Gibson. Vous avez encore beaucoup à apprendre. »

Notre visiteur fit une sortie bruyante, mais Holmes se mit à tirer sur sa pipe dans un silence imperturbable en fixant le plafond d'un regard rêveur.

« Rien à me dire, Watson ? me demanda-t-il enfin.

— Eh bien, Holmes, je dois vous avouer que lorsque je considère qu'il s'agit d'un homme qui a l'habitude d'écarter de son chemin tout obstacle, et quand je me rappelle que sa femme a pu devenir un obstacle et un objet de répulsion, comme nous l'a expliqué ce Bates, il me semble...

— Exactement. À moi aussi, il semble.

— Mais quelles étaient ses relations avec la gouvernante et comment les avez-vous découvertes ?

— J'ai bluffé, Watson ! Quand j'ai comparé le ton passionné, tout à fait hors des conventions et pas du tout commercial, de sa lettre avec son apparente maîtrise de soi et son attitude ici, il m'a paru évident que sa profonde émotion était plus axée sur l'accusée que sur la victime. Pour atteindre la vérité, il est indispensable que nous sachions l'exacte nature des relations entre les acteurs. Vous avez vu l'attaque frontale que j'ai déclenchée, et comme il l'a accueillie imperturbablement. Alors, je l'ai bluffé en lui donnant l'impression que j'étais absolument sûr de la chose, tandis que je n'avais que de forts soupçons.

— Peut-être reviendra-t-il ?

— Il reviendra certainement ! Il est obligé de revenir. Il ne peut pas en rester là. Ah ! N'a-t-on pas sonné ? Si, et je reconnais son pas. Monsieur Gibson, je venais justement de dire au docteur Watson que vous étiez légèrement en retard. »

Le roi de l'or fit dans notre pièce une entrée beaucoup moins bruyante que sa précédente sortie. La blessure infligée à son orgueil avait laissé une trace dans son regard, mais son bon sens lui avait montré que s'il voulait obtenir gain de cause il lui fallait céder.

« J'ai réfléchi, monsieur Holmes, et je crois que j'ai été un peu trop vif en prenant mal vos observations. Vous avez raison de vouloir connaître tous les faits, quels qu'ils soient, et je vous en estime davantage. Je puis vous assurer néanmoins que les relations existant entre Mlle Dunbar et moi n'affectent en rien l'affaire.

— C'est à moi d'en décider, n'est-ce pas ?

— Oui, sans doute. Vous êtes comme le médecin qui veut connaître tous les symptômes avant d'établir son diagnostic.

— En effet. La comparaison est juste. Et le malade qui voudrait taire quelques-uns de ses symptômes ne cherche qu'à tromper son médecin dans un but précis.

— Peut-être. Mais vous conviendrez, monsieur Holmes, que la plupart des hommes s'échaufferaient quelque peu quand on leur demande de but en blanc d'indiquer la nature de leurs relations avec une femme... surtout si un sentiment sérieux y est mêlé. Je crois que la plupart des hommes possèdent un petit domaine privé dans un recoin de leur âme, où ils n'acceptent pas volontiers les intrus. Et vous l'avez forcé avec une certaine brusquerie... Mais votre but vous excuse, puisque vous avez agi pour essayer de la sauver. Bref, les jeux sont faits, le domaine vous est ouvert, vous pouvez l'explorer comme vous l'entendez. Que voulez-vous savoir ?

— La vérité. »

Le roi de l'or demeura un instant silencieux, comme quelqu'un qui met de l'ordre dans ses pensées. Son visage s'assombrit et devint encore plus grave.

« Je vous la dirai en quelques mots, monsieur Holmes. Certaines choses sont assez difficiles à exprimer, aussi n'irai-je pas plus profond qu'il n'est indispensable. J'ai fait la connaissance de ma femme pendant que j'étais chercheur d'or au Brésil. Maria Pinto était la fille d'un fonctionnaire du gouvernement à Manaos ; elle était très belle. À cette époque j'étais jeune et ardent ; mais aujourd'hui encore, quand je me reporte en arrière avec un esprit plus rassis et plus critique, je reconnais que sa beauté était extraordinairement rayonnante. Elle avait une nature riche, profonde, passionnée, entière, tropicale, mal équilibrée, très différente de celle des Américaines que j'avais connues. En résumé, je l'ai aimée et épousée. Ce n'est que lorsque le romanesque s'est épuisé (et il s'est maintenu pendant plusieurs années) que j'ai compris que nous n'avions rien, rien du tout de commun. Mon amour s'est affaibli. Si le sien avait suivi un cours parallèle, les choses se seraient simplifiées. Mais vous connaissez les femmes ! J'aurais pu faire n'importe quoi, elle ne se serait pas détournée de moi. Lorsque j'ai été dur envers elle, brutal même comme on a pu le dire, c'était parce que je savais que si je pouvais tuer son amour, ou s'il se transformait en haine, tout deviendrait plus facile pour l'un comme pour l'autre. Mais rien n'a pu la faire changer. Elle m'a adoré dans ces bois d'Angleterre comme elle m'avait adoré vingt ans plus tôt sur les rives de l'Amazone. Quoi que je fisse, elle m'était aussi attachée qu'au premier jour.

« Alors est apparue Mlle Grace Dunbar. Nous avions fait insérer une annonce pour trouver une gouvernante : elle est venue et a été engagée. Vous avez peut-être vu son portrait dans les journaux. Le monde entier a proclamé qu'elle aussi était une très jolie femme. Je ne me prétendrai pas plus moral que mon prochain, et je vous avouerai que je n'ai pas pu vivre sous le même toit avec une femme pareille et en contact quotidien avec elle sans éprouver pour elle un sentiment passionné. M'en blâmez-vous, monsieur Holmes ?

— Je ne vous blâme pas d'avoir éprouvé ce sentiment. Je vous blâmerais si vous l'aviez exprimé, car cette jeune demoiselle se trouvait en un sens sous votre protection.

— Peut-être ! fit le millionnaire qui frémit sous le reproche. Je ne me fais pas meilleur que je suis. Je crois que toute ma vie je n'ai eu qu'à allonger le bras pour obtenir ce que je convoitais, et je n'ai jamais rien convoité davantage ni plus ardemment que l'amour et la possession de cette femme. Je le lui ai dit.

— Oh ! vous le lui avez dit ? »

Holmes, quand il était ému, pouvait paraître formidable !

« Je lui ai dit que si je pouvais l'épouser, je l'épouserais, mais que c'était au-delà de mon pouvoir. Je lui ai dit que l'argent ne comptait pas et que je ferais tout mon possible pour son bonheur et son confort.

— C'était très généreux, bien entendu ! fit Holmes en ricanant.

— Écoutez, monsieur Holmes ! Je suis venu vous voir pour que vous démontriez son innocence, pas pour que vous me fassiez un cours de morale. Je ne sollicite pas vos critiques.

— C'est uniquement à cause de la jeune fille que je m'intéresse à l'affaire, répondit Holmes. Je ne sais pas si ce dont on l'accuse est réellement pire que ce que vous venez d'admettre, à savoir que vous avez essayé de séduire une jeune fille sans défense qui était sous votre toit. Quelques hommes riches dans votre genre doivent apprendre que vous n'achèterez pas tout le monde pour racheter vos fautes. »

À mon étonnement le roi de l'or accueillit le reproche sans protester.

« C'est ainsi qu'aujourd'hui je vois les choses, dit-il. Je remercie Dieu que mes projets n'aient pas abouti comme je l'espérais. Elle n'a rien voulu entendre ; elle voulait quitter immédiatement la maison.

— Pourquoi n'est-elle pas effectivement partie ?

— D'abord parce que son salaire aidait à vivre d'autres personnes, et que la perte de sa situation aurait été catastrophique pour ses proches. Quand je lui ai promis, et je le lui ai promis avec toute la sincérité de mon cœur, que plus jamais je ne lui causerais de motifs d'inquiétude, elle a consenti à rester. Mais il y avait une autre raison. Elle connaissait l'influence qu'elle exerçait sur moi : influence plus puissante que n'importe laquelle au monde. Elle voulait l'utiliser pour le bien.

— Comment cela ?

— Elle était un peu au courant de mes affaires. Elles sont immenses, monsieur Holmes : plus importantes qu'on ne le croit généralement. Je peux faire et défaire ; et le plus souvent je défais, c'est-à-dire je brise. Pas seulement les individus : les collectivités, les villes, même les nations. Les affaires, c'est un jeu dur ; le faible succombe. J'ai joué le jeu à fond. Je n'ai jamais gémi, et jamais je ne me suis soucié des gémissements des autres. Mais elle voyait les choses sous un angle différent, et je crois qu'elle avait raison. Elle pensait et elle disait que toute fortune qui était plus importante que les besoins d'un homme ne devait pas être édifiée sur la ruine de dix mille hommes privés de leurs moyens d'existence. Voilà comment elle jugeait : elle regardait au-delà des dollars, vers quelque chose de plus durable. Elle s'est aperçue que je l'écoutais, et elle a cru faire le bien en influençant mes actions. Aussi est-elle restée... Et puis le drame est arrivé.

— Pouvez-vous me donner là-dessus quelques lueurs ? »

Le roi de l'or s'interrompit encore une fois ; il avait plongé sa tête entre ses mains pour réfléchir.

« Tout est très noir contre elle. Je ne peux pas le nier. Et les femmes mènent une vie intérieure, peuvent accomplir des choses qui dépassent le jugement de l'homme. Au début j'ai été si bouleversé, si abattu que j'ai été enclin à croire qu'elle avait été entraînée d'une manière extraordinaire, tout à fait contraire à sa nature habituelle. Puis une explication m'est venue en tête. Je vous la donne, monsieur Holmes, pour ce qu'elle vaut. Il n'y a aucun doute que ma femme était terriblement jalouse. La jalousie de l'âme peut être aussi fanatique que n'importe quelle jalousie charnelle. Bien que ma femme n'eût eu aucun motif pour être charnellement jalouse (et je crois qu'elle l'avait compris), elle se rendait compte que cette jeune Anglaise exerçait sur mon esprit et mes actes une influence qu'elle n'avait jamais acquise. C'était une bonne influence, mais qu'elle fût bonne n'arrangeait rien. Ma femme était folle de haine, et son sang brûlait de toute la chaleur de l'Amazone. Elle a pu projeter de tuer Mlle Dunbar… ou, dirons-nous, de la menacer d'un revolver et de lui faire peur pour l'obliger à partir. Une sorte de bagarre aurait peut-être éclaté entre elles, le revolver serait parti tout seul et aurait tué celle qui le tenait.

— J'avais déjà envisagé cette possibilité, dit Holmes. C'est vraiment la seule hypothèse, en dehors du meurtre délibéré.

— Mais elle le nie absolument.

— Certes, mais ce n'est pas décisif, n'est-ce pas ?… On peut comprendre qu'une femme placée devant une situation aussi épouvantable ait pu rentrer en courant à la maison après avoir pris le revolver dans son affolement, qu'elle l'ait jeté parmi ses robes sans trop savoir ce qu'elle faisait, et que, lorsque le revolver a été découvert, elle ait essayé de s'en tirer par une dénégation totale puisque toute explication était impossible. Qu'y a-t-il contre une telle hypothèse ?

— Mlle Dunbar elle-même.

— Eh bien, peut-être… »

Holmes regarda sa montre.

« ... Je suis sûr que nous pourrons obtenir ce matin les permis nécessaires et arriver à Winchester par le train du soir. Quand j'aurai vu Mlle Dunbar, il est possible que je vous sois utile. Je ne peux pourtant pas vous promettre que mes conclusions seront conformes à vos désirs. »

L'obtention des permis s'avéra moins rapide que Holmes l'avait cru. Au lieu d'arriver à Winchester ce jour-là, nous descendîmes à Thor, dans la propriété du Hampshire de M. Neil Gibson. Il ne nous accompagna pas personnellement, mais nous avions l'adresse de l'adjudant Coventry, de la police locale, qui avait instruit l'affaire le premier. C'était un homme long et maigre au visage cadavérique ; il avait des manières bizarrement mystérieuses qui donnaient l'impression qu'il en savait ou en soupçonnait beaucoup plus qu'il ne voulait dire. Il avait aussi la manie de baisser subitement la voix pour chuchoter comme s'il en était arrivé à un point d'une importance capitale, alors qu'il ne s'agissait que d'un détail assez banal. Mais derrière cette attitude, il se révéla bientôt un policier convenable, honnête, pas très fier d'avouer qu'il avait perdu pied et qu'il souhaitait de l'aide.

« En tout état de cause, nous dit-il, j'aime mieux vous avoir ici que Scotland Yard ! Quand le Yard est appelé pour une affaire, alors la police locale perd tout crédit en cas de succès et elle se fait accabler en cas d'échec. Vous, vous jouez le jeu loyalement, à ce que l'on m'a dit.

— Je ne tiens pas du tout à paraître dans l'affaire, répondit Holmes au soulagement visible de notre mélancolique interlocuteur. Si je peux l'éclaircir, je ne veux pas que mon nom soit mentionné.

— Eh bien, c'est très chic de votre part ! Et je peux

aussi faire confiance à votre ami le docteur Watson, n'est-ce pas ? Maintenant, monsieur Holmes, avant que nous nous rendions sur les lieux, je vais vous poser une question. Je me garderais bien de la poser à quelqu'un d'autre... »

Il regarda autour de lui comme s'il craignait même de prononcer ces mots :

« ... Ne pensez-vous pas qu'un dossier pourrait être constitué contre M. Neil Gibson en personne ?

— J'y ai pensé.

— Vous n'avez pas vu Mlle Dunbar. C'est sur tous les plans une femme merveilleuse. Peut-être a-t-il voulu se débarrasser de sa femme. Et ces Américains sont plus prompts que nous au revolver. C'était son revolver à lui, vous savez !

— Ce fait a-t-il été prouvé ?

— Oui, monsieur. Il possédait deux revolvers. C'était l'un des deux.

— Deux revolvers ? Où est l'autre ?

— Ma foi, ce gentleman possède tout un lot d'armes à feu de marques et de calibres différents. Nous n'avons jamais identifié l'autre en particulier. Mais l'étui était indubitablement fait pour deux revolvers.

— Si le revolver que vous avez trouvé faisait partie d'une paire, vous auriez dû identifier l'autre.

— Oh ! nous les avons tous mis de côté dans la maison ! Si cela vous intéresse d'y jeter un coup d'œil...

— Plus tard, oui. Pour l'instant allons sur les lieux du drame. »

Cette conversation avait eu lieu dans la petite pièce principale de l'humble villa de l'adjudant Coventry, laquelle servait de commissariat de police local. Une marche de huit cents mètres à travers la lande balayée par le vent et toute dorée par les fougères qui se fanaient nous mena devant une petite porte secondaire de la propriété de Thor. Une allée traversait la réserve de faisans ; d'une clairière nous aperçûmes la grande maison, mi-Tudor, mi-George, sur la crête de la colline. À côté de nous était situé l'étang, resserré en son milieu, là où l'enjambait, sur un pont, l'avenue qu'empruntaient les voitures ; de chaque côté il se divisait en petits lacs. Notre guide s'arrêta à l'entrée du pont et il désigna un endroit sur le sol.

« Voilà où était étendu le corps de Mme Gibson. J'ai placé une pierre à l'endroit exact.

— Je crois que vous êtes arrivé avant que le corps ait été ramené au manoir ?

— Oui. On m'a tout de suite convoqué.

— Qui ?

— M. Gibson. Dès que l'alarme a été donnée, il a accouru avec les autres, et il a insisté pour qu'il ne soit touché à rien avant l'arrivée de la police.

— Bonne idée ! J'ai lu dans la presse que le coup de feu avait été tiré de très près ?

— Oui, monsieur, de très près.

— Près de la tempe droite ?

— Juste derrière la tempe droite, monsieur.

— Comment le corps était-il placé ?

— Sur le dos, monsieur. Aucune trace de lutte. Pas d'empreintes. Pas d'arme. Le petit billet de Mlle Dunbar était coincé dans sa main gauche.

— Coincé ?

— Oui, monsieur. Nous avons eu du mal à desserrer les doigts.

— Ce fait est d'une grande importance ! Il exclut l'idée que quelqu'un aurait pu placer le billet dans la main de Mme Gibson après sa mort afin de lancer les enquêteurs sur une fausse piste. Mon Dieu ! Le billet, si je me rappelle bien, était fort bref : "Je serai au pont de Thor à neuf heures. G. Dunbar." Est-ce bien cela ?

— Oui, monsieur.

— Mlle Dunbar a-t-elle reconnu l'avoir écrit ?

— Oui, monsieur.

— Quelle explication en a-t-elle donnée ?

— Aucune. Elle réserve sa défense pour les assises.

— Le problème est vraiment très intéressant ! Cette histoire de billet est bien obscure, n'est-ce pas ?

— Ma foi, monsieur, le billet m'a paru à moi, si je suis assez hardi pour le dire, le seul point tout à fait clair dans l'affaire. »

Holmes secoua la tête.

« En admettant que le billet soit authentique et ait été bel et bien écrit par l'accusée, il a certainement été reçu quelque temps auparavant : disons une heure ou deux. Alors pourquoi cette dame le tenait-elle encore serré dans sa main gauche ? Pourquoi l'avait-elle si soigneusement emporté ? Au cours de l'entretien projeté avec la gouvernante, elle n'avait nul besoin de s'y référer. Cela ne vous semble-t-il pas bizarre ?

— De la façon dont vous exposez les choses, oui en effet, monsieur !

— Je crois que j'aimerais bien m'asseoir tranquillement par ici et réfléchir quelques minutes », dit Holmes.

Il s'assit sur le rebord de pierre du pont ; je vis ses yeux gris et vifs interroger chaque direction. Soudain il sauta sur ses pieds, courut vers le parapet opposé, essuya la loupe qu'il avait tirée de sa poche, et inspecta la maçonnerie.

« Voici qui est curieux ! dit-il.

— Oui, monsieur. Nous avons vu l'éraflure sur le rebord. Je pense qu'elle a été faite par un passant. »

La maçonnerie était grise, mais à ce seul endroit elle était blanche sur une surface grande comme une petite pièce de monnaie. En l'examinant de près, on pouvait observer que la pierre avait été écornée par un coup sec.

« Il a fallu de la force, et même de la violence, pour abîmer cette pierre ! » murmura pensivement Holmes.

Avec sa canne il cogna à plusieurs reprises sur le parapet sans laisser de traces.

« Un coup très violent ! reprit-il. Et à un endroit étrange, également. Un coup qui n'a pas été assené de dessus, mais de dessous, car la trace se trouve sur le bord inférieur du parapet.

— Mais au moins à cinq mètres du corps.

— Oui, à cinq mètres du corps. Peut-être cela n'a-t-il rien à voir avec l'affaire, mais le détail est à noter. Je ne crois pas que nous ayons à apprendre ici quelque chose de plus. Pas d'empreintes de pas, m'avez-vous dit ?

— Le sol était dur comme du fer, monsieur. Il n'y avait aucune empreinte.

— Alors nous pouvons partir. Nous monterons d'abord à la maison pour jeter un coup d'œil sur les armes dont vous m'avez parlé. Puis nous nous rendrons à Winchester ; je voudrais en effet voir Mlle Dunbar avant de poursuivre mon enquête. »

M. Gibson n'était pas encore rentré, mais nous trouvâmes au manoir le neurasthénique M. Bates qui était venu nous voir le matin. Avec un soupir sinistre il nous montra le formidable assortiment d'armes à feu de tous modèles et de toutes tailles qu'avait accumulées son patron tout au long de sa vie aventureuse.

« M. Gibson a ses ennemis, ce qui n'étonnera pas ceux qui connaissent sa personne et ses méthodes, dit-il. Il dort avec un revolver chargé dans un tiroir à la tête de son lit. C'est un violent, monsieur, et en certaines occasions il nous a fait peur. Je suis sûr que la pauvre dame a été souvent terrorisée par lui.

— Avez-vous été une fois le témoin oculaire de ses violences à l'égard de sa femme ?

— Non, cela je ne peux pas le dire ! Mais j'ai entendu des mots qui valaient des actes : des mots de mépris glacial, coupant, même devant les domestiques. »

« Notre millionnaire ne paraît pas brillant dans sa vie privée, observa Holmes quand nous nous dirigeâmes vers la gare. Eh bien, Watson, nous avons réuni quantité de faits, dont certains tout à fait nouveaux, et pourtant je me trouve encore assez loin de ma conclusion ! En dépit des sentiments que voue M. Bates à son maître, j'ai obtenu de lui l'assurance que lorsque l'alarme a été donnée, Gibson était incontestablement dans sa bibliothèque. Le dîner avait été servi à huit heures et demie et tout jusqu'alors avait été normal. Il est exact que l'alarme a été donnée assez tard dans la soirée, mais la tragédie s'est certainement déroulée à l'heure mentionnée dans le billet. Il n'y a aucune preuve que M. Gibson soit sorti après être rentré de Londres à cinq heures. Par ailleurs Mlle Dunbar reconnaît qu'elle avait fixé un rendez-vous à Mme Gibson devant le pont. Cela mis à part elle ne veut rien expliquer, comme le lui a conseillé son avocat, et elle se réserve pour les assises. Nous avons plusieurs questions capitales à poser à cette jeune fille, et je n'aurai pas l'esprit en repos avant de l'avoir vue. Je confesse que l'affaire se présente très défavorablement pour elle, sauf sur un point.

— Lequel, Holmes ?

— La découverte du revolver dans son armoire.

— Voyons, Holmes ! m'exclamai-je. À mon avis, c'est la preuve la plus concluante !

— Non, Watson. Ce point m'avait frappé tout de suite. Maintenant que j'examine l'affaire de plus près, je le considère comme l'unique base solide pour espérer. Nous avons le devoir de trouver du consistant. Quand il en manque, nous avons le devoir d'envisager une tromperie.

— Je vous suis mal.

— Voyons, Watson! Supposez un instant que vous soyez cette femme qui, froidement, avec préméditation, entreprend de se débarrasser de sa rivale. Vous avez mûri votre plan. Vous avez écrit le billet. La victime est venue. Vous avez votre arme. Le crime est accompli. Me direz-vous qu'après avoir combiné et agi avec autant d'astuce et de décision, vous allez compromettre votre réputation de criminel en oubliant de jeter votre revolver dans l'un de ces petits lacs pleins de roseaux qui l'auraient englouti à jamais, et qu'au contraire vous auriez éprouvé le besoin de le rapporter chez vous, de le placer dans votre armoire qui est bien le premier endroit à fouiller? Vos meilleurs amis, Watson, auraient du mal à vous prendre pour un homme capable de projets délibérés; et pourtant je me refuse à croire que vous auriez fait quelque chose d'aussi stupide!

— Dans l'énervement du moment!...

— Non, Watson! Ce n'est pas possible, croyez moi! Lorsqu'un crime a été froidement prémédité, les camouflages ne sont pas prémédités moins froidement. J'espère donc que nous nous trouvons en présence d'une grave erreur de conception.

— Mais il y a tellement de choses à expliquer!

— Eh bien, nous allons essayer! À partir du moment où vous changez de point de vue, tout ce qui était une lourde présomption devient un indice de vérité. Par exemple, le revolver. Mlle Dunbar prétend tout ignorer de ce revolver. Selon notre nouvelle théorie, elle dit la vérité. Donc il a été placé dans son armoire. Qui l'y a placé? Quelqu'un qui voulait lui faire endosser la responsabilité du crime. Ce quelqu'un n'est-il pas le vrai criminel ? Vous voyez comme ce raisonnement nous ouvre de nouveaux horizons ! »

Nous fûmes contraints de passer la nuit à Winchester, car toutes les formalités n'avaient pas été remplies. Mais le lendemain matin, en compagnie de M. Joyce Cummings, avocat dont la réputation montait en flèche et qui devait assurer sa défense, nous fûmes autorisés à voir la jeune fille dans sa cellule. Je m'étais attendu, d'après tout ce qui m'avait été dit, à une fort jolie femme ; mais jamais je n'oublierai l'effet que Mlle Dunbar produisit sur moi. Il n'était pas étonnant que le millionnaire lui-même eût trouvé là un pouvoir supérieur au sien : pouvoir capable de le contrôler, de le guider. On avait aussi l'impression, en regardant ce visage ferme, net et pourtant sensible, que même si elle pouvait accomplir un acte impétueux, une noblesse innée de caractère la dirigeait constamment vers le bien. Elle était brune, grande, élancée. Elle nous en imposa. Mais dans ses yeux noirs luisait quelque chose qui ressemblait à l'expression de l'animal désespéré qui voit les filets se refermer sur lui et qui ne discerne pas le moyen de passer à travers. Quand elle comprit ce que signifiait pour elle la présence et l'assistance de mon illustre ami, alors ses joues reprirent un peu de couleur et l'espoir se ralluma dans son regard.

« M. Gibson vous a peut-être dit ce qui s'était passé entre nous ? demanda-t-elle d'une voix sourde, frémissante.

— Oui, répondit Holmes. Vous pouvez vous éviter un surcroît de chagrin avec ce chapitre de votre histoire. Après vous avoir vue, je suis disposé à tenir pour exactes les déclarations de M. Gibson, en ce qui concerne à la fois l'influence que vous aviez sur lui et l'innocence de vos relations communes. Mais pourquoi toute cette situation n'a-t-elle pas été révélée à l'instruction ?

— Il me semblait incroyable qu'une accusation pareille pût être retenue. Je croyais que si nous attendions, toute l'affaire s'éclaircirait sans que nous fussions obligés d'entrer dans les détails pénibles de la vie privée de la famille. Mais je comprends à présent qu'au lieu de s'éclaircir, elle s'est au contraire aggravée.

— Ma chère demoiselle, s'écria Holmes, je vous supplie de ne vous faire aucune illusion sur ce point ! M. Cummings qui est ici vous dira que toutes les cartes sont à présent contre nous, et que nous devons tenter l'impossible pour gagner. Prétendre que vous ne courez pas un grand danger serait vous tromper cruellement. Donnez-moi toute l'assistance en votre pouvoir pour que nous fassions éclater la vérité !

— Je ne vous cacherai rien !

— Alors parlez-nous de vos véritables relations avec la femme de M. Gibson.

— Elle me détestait, monsieur Holmes ! Elle me détestait avec toute la violence de son tempérament tropical. C'était une femme qui ne faisait rien à demi ; elle aimait son mari autant qu'elle me détestait. Il est probable qu'elle s'est trompée sur la nature de nos relations. Je n'ai pas voulu lui nuire, mais elle aimait avec une telle intensité physique qu'elle ne pouvait guère comprendre le lien intellectuel, et même spirituel, qui attachait son mari à moi, ni imaginer que je ne désirais qu'exercer sur lui une bonne influence, et que c'était pour cela que je restais sous son toit. Je m'aperçois maintenant que j'ai eu tort de ne pas partir. Rien ne pouvait justifier ma présence là où j'étais une cause de malheur ; et cependant le malheur aurait certainement subsisté même si j'avais quitté la maison.

— Mademoiselle Dunbar, dit Holmes, je vous prierai maintenant de nous confier exactement ce qui s'est passé ce soir-là.

— Je puis vous dire la vérité pour autant qu'elle me soit connue, monsieur Holmes. Mais je suis dans l'impossibilité de prouver quoi que ce soit. Or, il y a des faits, des faits essentiels, que je ne peux pas expliquer et à propos desquels je ne peux imaginer aucune explication.

— Si vous nous communiquez les faits, peut-être d'autres que vous en trouveront l'explication.

— En ce qui concerne, donc, ma présence au pont de Thor cette nuit-là, j'ai reçu le matin un billet de Mme Gibson. Je l'ai trouvé sur la table de la salle d'études, et c'est peut-être elle qui l'a déposé. Ce billet me suppliait de la voir après le dîner, m'informait qu'elle avait quelque chose d'important à me dire, et me priait de lui laisser ma réponse sur le cadran solaire du jardin, car elle désirait que notre entretien fût secret. Je ne voyais pas pourquoi elle désirait le secret, mais j'ai accepté le rendez-vous. Elle me demandait aussi de détruire sa lettre; je l'ai brûlée dans la cheminée de la salle d'études. Elle avait très peur de son mari, qui la traitait avec une rudesse que je lui ai souvent reprochée. J'ai donc pensé qu'elle agissait ainsi parce qu'elle ne souhaitait pas qu'il fût au courant de notre entretien.

— Et pourtant elle avait conservé soigneusement votre réponse?

— Oui. J'ai été surprise d'apprendre qu'elle la tenait dans sa main quand elle mourut.

— Que se passa-t-il?

— Je suis descendue comme je l'avais promis. Quand je suis arrivée au pont, elle m'attendait.

Jamais je n'avais mesuré jusque-là le degré de haine que me vouait cette pauvre femme. Elle était comme folle... En vérité je crois qu'elle était folle, folle avec cette puissance d'hypocrisie que peuvent avoir les déséquilibrés. Autrement comment aurait-elle pu me rencontrer chaque jour avec une indifférence apparente tout en nourrissant contre moi une pareille haine dans son cœur ? Je ne répéterai pas ce qu'elle m'a dit. Elle a déversé toute sa fureur dans un torrent de mots horribles. Je n'ai même pas répliqué. Je ne l'aurais pas pu ! C'était terrible. Je me suis bouché les oreilles et je me suis enfuie. Quand je l'ai quittée, elle se tenait debout à l'entrée du pont et m'accablait encore de malédictions.

— Là où elle a été découverte ensuite ?

— À quelques mètres.

— Et cependant, en supposant qu'elle ait été tuée très peu de temps après votre départ, vous n'avez rien entendu ?

— Non. Mais vraiment, monsieur Holmes, j'étais si bouleversée et horrifiée par cette explosion que je n'ai eu qu'une idée : retrouver la paix de ma chambre. J'ai été incapable de remarquer quoi que ce soit.

— Vous dites que vous êtes retournée dans votre chambre. L'avez-vous quittée avant le lendemain matin ?

— Oui. Quand l'alarme a été donnée, quand le bruit s'est répandu que cette pauvre femme avait été tuée, alors j'ai couru avec les autres.

— Avez-vous vu M. Gibson ?

— Oui. Il revenait du pont. Il avait envoyé des gens quérir le médecin et la police.

— Vous a-t-il semblé très troublé ?

— M. Gibson est un homme fort, très maître de lui. Je ne crois pas qu'il soit capable de trahir grand-chose de ses émotions. Mais moi qui le connaissais bien, j'ai pu constater qu'il était profondément touché.

— Nous en venons maintenant au point le plus important. Ce revolver a été trouvé dans votre chambre. L'aviez-vous déjà vu ?

— Jamais, je le jure !

— Quand a-t-il été découvert ?

— Le lendemain matin, quand la police a commencé son enquête.

— Parmi vos affaires ?

— Oui. Sur le plancher de mon armoire, sous mes robes.

— Vous ne savez pas depuis combien de temps il avait été placé là ?

— Il n'y était pas la veille au matin.

— Comment le savez-vous ?

— Parce que j'avais nettoyé mon armoire.

— Cela ne souffre pas de discussion. Donc quelqu'un est entré dans votre chambre et a placé ce revolver afin de vous faire inculper.

— Sans doute.

— Et quand ?

— Il n'a pu le faire qu'à l'heure du repas, ou pendant les heures où je me trouvais dans la salle d'études avec les enfants.

— Là où vous étiez quand vous avez reçu le billet ?

— Oui. J'y suis restée pendant toute la matinée.

— Merci, mademoiselle Dunbar. Voyez-vous autre chose qui pourrait m'aider dans mes recherches ?

— Non. Je ne vois rien.

— J'ai relevé la marque d'un coup violent sur la maçonnerie du pont. Une trace toute fraîche. Une éraflure juste en face du corps. Vous ne voyez aucune explication possible là-dessus ?

— Ce doit être une coïncidence.

— Elle est étrange, mademoiselle Dunbar, très

étrange ! Pourquoi cette trace au moment de la tragédie, et pourquoi précisément à cet endroit ?

— Mais comment a-t-elle pu être faite ? Il aurait fallu un choc d'une extrême violence ! »

Holmes ne répondit pas. Son visage aigu et pâle avait brusquement revêtu cette expression lointaine, tendue que je connaissais bien pour l'avoir toujours vue dans ses moments d'inspiration géniale. Sa transformation indiquait un tel travail dans son esprit que personne n'osa l'interrompre et que tous, avocat, prisonnière et moi-même, nous demeurâmes assis à le regarder. Tout à coup il bondit de sa chaise, frémissant d'une énergie passionnée et dévoré du besoin d'agir.

« Venez, Watson, venez ! s'écria-t-il.

— Qu'y a-t-il, monsieur Holmes ?

— Ne vous inquiétez pas, chère mademoiselle ! Vous aurez de mes nouvelles, monsieur Cummings. Avec l'aide du Dieu de justice je vous remettrai un dossier qui fera du bruit en Angleterre ! Vous aurez demain de mes nouvelles, mademoiselle Dunbar, et jusque-là croyez-en ma parole : les nuages se dissipent ; j'ai tout lieu d'espérer que la lumière de la vérité va les transpercer ! »

*

Le voyage n'était pas long de Winchester à Thor, mais il parut interminable à mon impatience, comme à celle de Holmes. Dans son agitation il était incapable de rester calme ; il arpentait le compartiment ou il tambourinait des doigts contre les coussins. Toutefois, alors que nous approchions du lieu de notre destination, il s'assit en face de moi (notre compartiment de première classe ne contenait pas d'autres voyageurs) et, posant une main sur chacun de mes genoux, il plongea dans mes yeux un regard spécialement malicieux qui était l'une des caractéristiques de son humeur espiègle.

« Watson, me dit-il, il me semble me rappeler que vous êtes toujours armé quand nous partons en promenade ? »

Il était bien heureux qu'il en fût ainsi ! Car il se souciait si peu de sa propre sécurité quand son esprit l'absorbait dans un problème que plus d'une fois mon revolver s'était avéré un ami sûr. Je ne me gênai nullement pour le lui rappeler.

« Oui, oui ! Je suis légèrement distrait pour ces sortes d'affaires. Mais vous avez bien un revolver sur vous ? »

Je le tirai de ma poche : c'était une arme courte, maniable, petite, mais très utile. Il mit le cran de sûreté, fit tomber les cartouches et l'examina avec soin.

« Il est lourd ! Bien lourd ! fit-il.

— Oui, mais c'est un joli joujou ! »

Il rêvassa quelques instants.

« Savez-vous, Watson ? Je crois que votre revolver va avoir un rapport très étroit avec le mystère que nous nous efforçons d'élucider.

— Holmes ! Vous plaisantez !

— Non, Watson, je suis très sérieux. Un test s'offre à nous. Si le test se vérifie, tout s'éclaircira. Or, le test dépend du comportement de cette petite arme. Mettons de côté une cartouche. Replaçons les cinq autres et n'oublions pas le cran de sûreté. Voilà ! »

Je n'avais aucune idée de ce qu'il avait en tête, et il se garda bien de me renseigner. Il se plongea dans ses réflexions jusqu'à notre arrivée à la petite gare du Hampshire. Nous louâmes une vieille guimbarde. Un quart d'heure plus tard, nous étions rendus chez notre ami discret, l'adjudant.

« Un nouvel indice, monsieur Holmes ?

— Tout dépend du comportement du revolver du docteur Watson, répondit mon ami. Le voici. Maintenant pouvez-vous me donner dix mètres de ficelle ? »

Le bazar du village nous vendit la quantité souhaitée.

« Je crois que nous avons ce qu'il nous faut, dit Holmes. Si vous le voulez bien, en route pour ce qui sera, je l'espère, la dernière étape de notre voyage. »

Le soleil déclinait et transformait la lande ondulée du Hampshire en un magnifique paysage d'automne. L'adjudant, dont les regards critiques et incrédules en disaient long sur ses doutes quant à l'équilibre mental de mon ami, marchait à côté de nous. Quand nous nous approchâmes de la scène du crime, je constatai que sous son habituelle froideur mon ami était réellement nerveux.

« Oui, me dit-il en réponse à la remarque que je lui en fis, vous m'avez déjà vu manquer le but, Watson. J'ai un instinct pour ce genre de choses ; et cependant il m'a parfois joué des tours. J'ai eu dans la cellule de Winchester la révélation d'une certitude ; mais l'esprit agile a un inconvénient : c'est qu'il peut toujours concevoir des explications diverses qui rendraient cette certitude tout à fait illusoire. Et pourtant... Pourtant !... Ma foi, Watson, nous ne pouvons qu'essayer. »

Tout en marchant il avait solidement attaché une extrémité de la ficelle à la crosse du revolver. Nous arrivions à présent devant le pont. Avec de grandes précautions il marqua sur le sol, sous les directives du policier, l'endroit exact où avait été étendu le cadavre. Puis il fouilla la bruyère et les fougères jusqu'à ce qu'il eût trouvé une grosse pierre. Il attacha cette pierre à l'autre extrémité de la ficelle, et il la suspendit par-dessus le parapet du pont de façon qu'elle se balançât librement au-dessus de l'eau. Il se tint alors à la place du corps de Mme Gibson, à quelque distance du bout du pont, mon revolver à la main, la ficelle étant tendue entre l'arme et la lourde pierre.

« Allons-y ! » cria-t-il.

À ces mots il leva son revolver à hauteur de sa tête, puis le lâcha. En une seconde, le revolver avait été entraîné par le poids de la pierre, avait heurté le parapet avec un bruit sec et avait été projeté par-dessus pour tomber dans l'eau. À peine avait-il quitté la main de Holmes que celui-ci courait s'agenouiller à côté de la maçonnerie du pont : un cri de joie nous avertit qu'il avait découvert se qu'il cherchait.

« Y a-t-il jamais eu démonstration plus parfaite ? s'exclama-t-il. Vous voyez, Watson, votre revolver a résolu le problème ! »

Tout en parlant il me désigna une deuxième éraflure exactement de la même taille et de la même forme que la première.

« Nous coucherons à l'auberge cette nuit ! reprit-il en regardant l'adjudant ahuri. Vous avez bien une épuisette avec laquelle vous récupérerez le revolver de mon ami ? Vous trouverez également à côté le revolver, la ficelle et le poids avec lesquels cette femme vindicative a tenté de déguiser son suicide et d'accabler une innocente d'une inculpation de meurtre. Vous ferez savoir à M. Gibson que je le verrai dans la matinée, quand le nécessaire aura été fait pour la défense de Mlle Dunbar. »

*

Tard dans la soirée, tandis que nous fumions paisiblement nos pipes à l'auberge du village, Holmes me donna un bref résumé de ce qui s'était passé.

« Je crains, Watson, que vous n'ajoutiez rien à la réputation que j'ai pu acquérir en ajoutant l'affaire de Thor à vos archives. J'ai eu l'esprit paresseux et j'ai manqué de ce mélange d'imagination et de réalisme qui est la base de mon art. J'avoue que l'éraflure sur la maçonnerie du pont était un indice suffisant pour me suggérer la vraie solution, et je me reproche de ne pas l'avoir entrevue plus tôt.

« Je conviens que le travail mental de cette malheureuse femme a été subtil et profond ; il était donc assez difficile de le deviner. Je ne crois pas que dans nos aventures nous ayons jamais rencontré un exemple plus étrange de ce que peut produire l'amour déçu. Que Mlle Dunbar fût sa rivale sur le plan physique ou sur le plan purement intellectuel, ces deux rivalités lui semblaient également impardonnables. Sans aucun doute rendait-elle cette innocente jeune fille responsable de tous les gestes discourtois et des grossièretés par lesquels son mari essayait de rebuter son amour. Elle résolut donc 1°) de mettre un terme à sa propre vie ; 2°) de le faire d'une manière qui pût enchaîner sa victime à un destin bien pire qu'une mort brutale.

« Nous pouvons suivre les étapes avec netteté, et elles montrent un étonnant esprit de finesse. Très habilement la rédaction d'un billet fut imposée à Mlle Dunbar ; ce billet faisait apparaître clairement que c'était la gouvernante qui avait choisi la scène du drame. Tenant absolument à ce que ce billet fût découvert, elle exagéra en le gardant dans sa main jusqu'à la fin. Cela seul aurait dû éveiller plus tôt mes soupçons.

« Puis elle s'empara de l'un des revolvers de son mari. Vous savez que la maison était un véritable arsenal. Elle le prit pour se tuer. Elle en dissimula un autre, exactement le même, pendant la matinée dans l'armoire de Mlle Dunbar après avoir brûlé une cartouche, ce qu'elle pouvait faire dans les bois sans attirer l'attention. Puis elle se rendit au pont où elle inventa cette méthode très ingénieuse pour se débarrasser de son arme. Quand Mlle Dunbar apparut, elle utilisa ses derniers souffles à expulser toute sa haine et puis, lorsque la gouvernante ne put plus l'entendre, elle exécuta son horrible dessein. Chaque maillon est à présent en place et la chaîne est complète. Les journaux pourront déplorer que l'étang n'ait pas été immédiatement dragué, mais il est toujours facile d'être malin après coup, et d'ailleurs un étang aussi étendu et aussi encombré de roseaux n'est pas d'un curage facile tant que l'on ne sait pas ce que l'on recherche exactement et où le rechercher... Eh bien, Watson, nous avons assisté une femme remarquable, ainsi qu'un homme formidable ! Si dans l'avenir ils unissent leurs forces, comme c'est probable, le monde de la finance s'apercevra peut-être que M. Neil Gibson a appris quelque chose dans cette école du chagrin où nous sont enseignées nos leçons d'ici-bas. »

L'HOMME QUI MARCHAIT À QUATRE PATTES

M. Sherlock Holmes m'avait toujours encouragé à publier la singulière expérience du professeur Presbury, ne fût-ce, me disait-il, que pour répondre une fois pour toutes aux bruits désobligeants qui circulèrent dans l'Université voici vingt ans et qui furent colportés dans les milieux scientifiques de Londres. Mais certains obstacles imprévus ayant surgi, mes notes sont restées enterrées dans la malle en fer-blanc qui contient beaucoup d'archives sur les aventures de mon ami. Nous venons d'obtenir enfin l'autorisation d'ouvrir ce dossier, l'un des derniers dont s'occupa Holmes avant de se retirer. Maintenant encore je suis tenu à observer une certaine discrétion : le lecteur voudra bien m'en excuser.

*

Un dimanche soir du début de septembre 1903, je reçus de Holmes un message laconique : « Venez immédiatement si possible. Si impossible venez quand même. » Les rapports qui existaient entre nous à cette époque n'étaient pas ordinaires. Holmes avait ses habitudes : des habitudes strictes et rigoureuses. J'étais devenu l'une de ses habitudes, au même titre que le violon, le tabac fort, la vieille pipe noire, les livres de référence, et d'autres manies peut-être moins avouables. Quand il travaillait sur un cas qui réclamait un travail actif ainsi qu'un camarade en les nerfs duquel il pouvait se fier, j'étais irremplaçable. Mais en dehors de cela, je lui rendais service. J'étais la pierre à aiguiser de son esprit. Je le stimulais. Il pensait à haute voix en ma présence. Non que ses remarques s'adressassent spécialement à moi (la plupart auraient pu aussi bien s'adresser à son matelas) mais néanmoins il avait pris l'habitude de notre duo, et mon silence enregistreur ou mes interruptions étaient autant d'excitants intellectuels. Si je l'irritais par une certaine paresse d'esprit méthodique, cette irritation ne servait qu'à accélérer ses intuitions et à approfondir ses impressions. Je me contentai de ce rôle modeste dans notre association.

Quand j'arrivai à Baker Street, je le trouvai ramassé en boule dans son fauteuil : genoux remontés, pipe aux lèvres, front sillonné de rides. Il se débattait à coup sûr avec un problème contrariant. D'un geste de la main, il me désigna mon vieux fauteuil ; après quoi, pendant une demi-heure il m'oublia. Un sursaut le tira enfin de sa rêverie et, avec son habituel sourire ironique, il me souhaita la bienvenue dans ce qui avait été jadis mon appartement.

« Vous me pardonnerez si je suis un peu préoccupé, mon cher Watson ! me dit-il. Des faits curieux ont été soumis à mon examen dans les dernières vingt-quatre heures, et ils ont engendré quelques spéculations d'un caractère plus général Je pense sérieusement à écrire une petite monographie sur l'utilité des chiens pour le travail des détectives.

— Mais voyons, Holmes, le sujet a été exploré ! Les molosses, les chiens policiers, les limiers…

— Non, non, Watson ! Cet aspect du sujet, bien entendu, n'échappe à personne. Mais il y en a un autre qui est beaucoup plus subtil. Vous vous rappelez peut-être une affaire que, pour faire du sensationnel, vous avez baptisée "Les Hêtres Rouges[1]" ; j'ai pu, rien qu'en surveillant le caractère d'un enfant, déduire les habitudes criminelles d'un père aussi respectable que suffisant.

— Oui, je m'en souviens très bien.

— Mon raisonnement sur les chiens est analogue. Un chien est le reflet d'une vie familiale. Qui a jamais vu un chien folâtre dans une famille lugubre, ou un chien triste dans une famille heureuse ? Les grognons ont des chiens grognons ; les gens dangereux ont des chiens dangereux. Et les chiens fantaisistes peuvent être le reflet d'individus fantaisistes.

— Je crois, Holmes, que c'est un peu tiré par les cheveux ! » murmurai-je en hochant la tête.

Il avait bourré une nouvelle pipe sans avoir prêté la moindre attention à mon commentaire.

« L'application pratique de ce que je viens de dire touche de très près le problème sur lequel j'enquête. J'ai affaire avec un écheveau emmêlé, et je cherche un bout du fil. Et ce bout du fil, je le trouverai peut-être en répondant à cette question que voici : pourquoi Roy, le fidèle chien-loup du professeur Presbury, essaie-t-il de le mordre ? »

Je retombai sur ma chaise. J'étais déçu. Était-ce pour répondre à une question aussi vulgaire que j'avais été arraché à ma clientèle ? Holmes me lança un regard de biais.

« Ce vieux Watson est toujours le même ! s'écria-

1. Cf. *Les Aventures de Sherlock Holmes* (Œuvres complètes de Sir Arthur Conan Doyle, tome I), Le Livre de Poche, nº 13959.

t-il. Vous ne comprendrez donc jamais que les conséquences les plus graves peuvent dépendre de petites choses ? Mais n'est-il pas étrange à première vue qu'un philosophe âgé, bien établi (vous avez naturellement entendu parler de Presbury, le célèbre physiologue de Camford ?), qu'un homme de cette qualité qui a un chien-loup pour meilleur ami, ait été attaqué deux fois par cette bête ? Allons, Watson, qu'en pensez-vous ?

— Le chien est malade.

— Soit ! C'est à considérer. Mais il n'attaque personne d'autre, et il ne s'en prend à son maître qu'en des occasions très spéciales. Curieux, Watson, très curieux ! Mais le jeune M. Bennett arrive en avance, si c'est son coup de sonnette. J'avais compté bavarder plus longtemps avec vous avant sa visite. »

Nous entendîmes un pas vif dans l'escalier, un coup sec à la porte ; un instant plus tard le nouveau client fit son entrée. C'était un homme d'une trentaine d'années, de haute taille, bien fait de sa personne, élégant, mais un je ne sais quoi dans son allure générale attestait davantage la timidité de l'étudiant que la maîtrise de l'homme du monde. Il serra la main à Holmes et me regarda avec étonnement.

« Cette affaire est très délicate, monsieur Holmes. Étant donné les rapports privés et publics que j'entretiens avec le professeur Presbury, j'hésite à parler devant une troisième personne.

— Soyez sans inquiétude, monsieur Bennett. Le docteur Watson est la discrétion personnifiée, et je vous assure que dans cette affaire j'ai réellement besoin d'un assistant.

— Comme il vous plaira, monsieur Holmes. Vous comprenez, je pense, les motifs qui m'imposent le plus grand secret.

— Il faut que je vous dise, Watson, que ce gentleman, M. Trevor Bennett, est le collaborateur technique du grand savant, vit sous son toit, et est fiancé à sa fille unique. Nous comprenons donc que le professeur soit en droit de se fier à sa loyauté et à son dévouement. Mais la meilleure preuve de cette loyauté et de ce dévouement consiste assurément à faire le nécessaire pour élucider une troublante énigme.

— Je le crois aussi monsieur Holmes. Je ne vise pas d'autre but. Le docteur Watson connaît-il la situation ?

— Je n'ai pas eu le temps de la lui expliquer.

— Dans ce cas je ferais bien de revenir sur les faits connus avant d'expliquer les nouveaux.

— Je vais m'en charger, intervint Holmes, afin de vérifier si je possède tous les éléments du problème. Le professeur, Watson, jouit d'une réputation européenne. Il a mené une existence tout académique. Jamais le moindre souffle de scandale. Il est veuf et père d'une fille prénommée Edith. Il possède un caractère positif, viril, on pourrait presque dire combatif. Voilà où en étaient les choses il y a quelques mois.

« Puis le cours de sa vie se désunit. À 61 ans il se fiança à la fille du professeur Morphy, son collègue à la chaire d'anatomie comparée. Il ne s'agissait pas, d'après ce que j'ai compris, des assiduités raisonnables d'un vieillard, mais bien plutôt d'une frénésie passionnée de jeune homme : personne n'aurait pu se montrer amoureux plus fervent. La jeune fille, Alice Morphy, pouvait s'enorgueillir d'une double perfection : physique et intellectuelle. Le professeur avait donc beaucoup d'excuses pour s'être ainsi enflammé ; néanmoins il ne reçut pas que des approbations dans sa propre famille.

— Nous trouvions cette passion plutôt exagérée, précisa notre client.

— Exactement. Exagérée, et un tant soit peu violente sinon anormale. Le professeur Presbury était riche, cependant, et le père de la jeune fille ne souleva aucune objection. La jeune fille, quant à elle, ne manquait pas de projets : plusieurs candidats briguaient déjà sa main ; moins flatteurs sur le plan mondain, mais favorisés au bénéfice de l'âge. Elle sembla apprécier le professeur en dépit de ses excentricités ; l'âge était toutefois un obstacle sérieux.

« Vers cette époque un petit mystère bouscula soudain la routine normale du professeur. Il fit ce qu'il n'avait jamais fait auparavant. Il partit de chez lui sans dire où il allait. Il demeura absent une quinzaine de jours et il rentra fatigué. Il ne révéla pas l'endroit où il s'était rendu, bien qu'il fût habituellement le plus franc des hommes. Le hasard voulut néanmoins que notre client M. Bennett reçût une lettre d'un camarade étudiant à Prague qui l'informa qu'il avait été heureux d'apercevoir là-bas le professeur Presbury, mais qu'il n'avait pas pu lui parler. C'est par ce biais que sa famille apprit qu'il était allé à Prague.

« Venons-en à présent au point délicat. Après son voyage le professeur changea. Il devint sournois, réticent. Son entourage avait constamment l'impression qu'il n'était plus le même homme, mais qu'il vivait sous une ombre qui obscurcissait ses plus hautes qualités. Son intelligence n'en fut pas affectée, et ses cours demeurèrent toujours aussi brillants. Mais il y avait toujours ce quelque chose de nouveau, d'attristant et d'imprévu. Sa fille, qui lui était très attachée, essaya à maintes reprises de rétablir leur ancienne intimité et de percer le masque dont son père semblait à présent se couvrir. Vous aussi, monsieur, vous avez essayé, je crois, mais en vain. Et maintenant, monsieur Bennett, contez-nous vous-même l'incident des lettres.

— Il faut que vous compreniez, docteur Watson, que le professeur n'avait pas de secrets pour moi. S'il avait eu un fils ou un frère cadet, il ne leur aurait pas manifesté plus de confiance. En ma qualité de secrétaire je manipulais tous ses papiers ; j'ouvrais et je classais son courrier. Peu après son retour tout fut changé. Il me dit que certaines lettres lui parviendraient sans doute de Londres, marquées d'une croix sous le timbre, et qu'elles devaient être mises de côté pour lui. De fait plusieurs lettres arrivèrent marquées d'une croix ; l'écriture était celle d'un illettré. Je ne sais s'il répondit : jamais en tout cas ces réponses ne passèrent par mes mains ou furent placées dans la corbeille où toute notre correspondance était rassemblée.

— Et la boîte ? dit Holmes.

— Ah ! oui, la boîte ! Le professeur ramena de voyage une petite boîte en bois. Ce fut le seul objet qui nous fit penser à un voyage sur le continent, car elle était baroquement sculptée à la mode allemande. Il la plaça dans son armoire à instruments. Un jour, cherchant une canule, je soulevai la boîte. À ma grande surprise, il se mit en colère et me reprocha ma curiosité en termes presque grossiers. C'était la première fois que pareille chose m'arrivait, et j'en éprouvai un vif chagrin. Je m'efforçai d'expliquer que je n'avais touché la boîte que tout à fait par hasard, mais pendant le reste de la soirée il m'adressa des regards peu amènes, et je me rendis parfaitement compte qu'il me gardait rancune… »

M. Bennett tira de sa poche un petit agenda et ajouta :

« … Cela se passait le 2 juillet.

— Vous êtes vraiment un excellent témoin !

s'écria Holmes. Il se pourrait que j'eusse besoin de ces dates que vous avez notées.

— Entre autres choses, j'ai appris la méthode de mon grand et vénéré maître... À partir du moment où je remarquai des anomalies dans son comportement, je me dis que mon devoir me commandait d'étudier son cas. Voilà pourquoi je puis affirmer que c'est ce même jour, le 2 juillet, que Roy attaqua le professeur quand celui-ci sortit de son bureau pour passer dans le vestibule. À nouveau le 11 juillet la scène se produisit et j'ai noté un incident analogue le 20 juillet. À la suite de ces attaques, nous fûmes obligés d'enfermer Roy à l'écurie. C'était un animal que nous aimions et qui était affectueux... Mais je crains d'abuser de votre patience. »

M. Bennett avait prononcé ces derniers mots sur un ton de reproche, car visiblement Holmes n'écoutait plus. Il avait le visage fermé, le regard perdu vers le plafond. Il se ressaisit avec effort.

« Singulier ! Très singulier ! murmura-t-il. Ces détails ne m'étaient pas connus, monsieur Bennett. Je crois que nous en venons maintenant aux nouveaux développements de l'affaire ? »

L'agréable visage ouvert de notre visiteur s'assombrit.

« Ce que je vais raconter à présent date de l'avant-dernière nuit, nous dit-il. Il était deux heures du matin. J'étais couché, mais je ne dormais pas. J'ai entendu un bruit sourd amorti qui venait du couloir. J'ai ouvert ma porte et j'ai jeté un coup d'œil au-dehors. J'aurais dû vous expliquer que le professeur couche au bout du couloir...

— C'était le ?... » s'enquit Holmes.

Notre visiteur fut manifestement contrarié par une interruption aussi peu pertinente.

« J'ai dit, monsieur, que cela se passait l'avant-dernière nuit. C'était donc le 4 septembre. »

Holmes s'inclina en souriant.

« Continuez, je vous en prie.

— Il couche au bout du couloir, et s'il veut descendre l'escalier il lui faut passer devant ma porte. Ce que j'ai vu a été vraiment épouvantable, monsieur Holmes ! Je crois que j'ai les nerfs aussi solides que n'importe qui, mais j'ai été bouleversé. Le couloir est obscur ; il y a juste en son milieu une fenêtre qui filtre un peu de lumière. J'ai donc vu quelque chose qui s'avançait dans le couloir, quelque chose de sombre et d'aplati. Puis soudain ce quelque chose est passé dans la tache de lumière : c'était lui ! Il rampait, monsieur Holmes, il rampait ! Il n'était pas tout à fait sur les mains et les genoux. Je dirais plutôt qu'il marchait sur les mains et les pieds, la tête pendante entre les mains. Pourtant il semblait se mouvoir sans difficulté. J'étais si paralysé par ce spectacle que je n'ai pas bougé avant qu'il soit arrivé à la hauteur de ma porte. Alors seulement je me suis avancé et je lui ai demandé si je pouvais l'aider. Sa réponse a été extraordinaire. Il s'est mis debout d'un bond, m'a craché au visage un mot ordurier, et s'est précipité dans l'escalier. J'ai guetté plus d'une heure, mais il n'est pas remonté avant qu'il fasse jour. Alors il a réintégré sa chambre.

« Eh bien, Watson, que pensez-vous de cela ? demanda Holmes avec l'air d'un pathologiste qui présente un spécimen rare.

— Un lumbago, peut-être ? Je sais par expérience qu'une crise sévère de lumbago peut obliger un homme à marcher presque à quatre pattes, et qu'il n'y a rien de plus irritant pour le caractère du malade.

— Bien, Watson ! Vous nous ramenez toujours sur la terre. Mais nous pouvons difficilement admettre le lumbago, puisque le professeur a pu se mettre droit à l'instant même.

— Il ne s'est jamais mieux porté ! dit Bennett. Il est plus fort en ce moment qu'il ne l'a jamais été ces dernières années. Mais les faits sont là, monsieur Holmes. Il ne s'agit pas d'un cas pour lequel nous aurions intérêt à consulter la police, et cependant nous ne savons absolument pas quoi faire ; nous avons l'impression que nous nous acheminons tout droit vers une catastrophe. Edith... Mlle Presbury partage mon opinion que nous ne pouvons plus attendre passivement.

— C'est certainement un cas très bizarre et qui n'est pas ordinaire. À quoi pensez-vous, Watson ?

— Du point de vue médical, dis-je, il semble bien que ce soit un cas pour un aliéniste. Le fonctionnement du cerveau du vieux gentleman a été perturbé par cette histoire d'amour. Il a fait un voyage à l'étranger dans l'espoir de se guérir de sa passion. Ses lettres et la boîte peuvent se rapporter à une transaction privée : un emprunt, par exemple, ou des actions qu'il aurait enfermées dans la boîte.

— Et le chien-loup n'était, sans doute, pas d'accord sur la transaction en question ? Non, Watson ! Il y a autre chose. Pour l'instant je puis seulement suggérer que... »

Personne ne saura jamais ce que Sherlock Holmes allait suggérer, car la porte s'ouvrit et une jeune femme fut introduite. Quand elle apparut, M. Bennett bondit en poussant un cri et se précipita mains tendues vers des mains qui déjà se tendaient vers lui.

« Edith, ma chérie ! Rien d'important, j'espère ?

— J'ai senti que je devais vous retrouver. Oh ! Jack, j'ai eu si peur ! C'est affreux d'être seule là-bas !

— Monsieur Holmes, voici la jeune fille dont je vous parlais : ma fiancée.

— Nous arrivions progressivement à cette conclusion, n'est-ce pas, Watson? répondit Holmes en souriant. Je suppose, mademoiselle Presbury, que l'affaire vient de prendre un nouveau tournant, et que vous désiriez nous mettre au courant? »

Notre visiteuse, jolie blonde du type anglais conventionnel, sourit à son tour à Holmes en s'asseyant à côté de M. Bennett.

« Quand j'ai appris que M. Bennett était parti, j'ai pensé que je le trouverais probablement ici. Bien sûr, il m'avait prévenue qu'il vous consulterait! Mais, dites, monsieur Holmes, pouvez-vous faire quelque chose pour mon pauvre père?

— J'espère, mademoiselle Presbury! Mais je suis encore dans les ténèbres. Peut-être pourrez-vous m'apporter un peu de lumière?

— C'était la nuit dernière, monsieur Holmes. Toute la journée je l'avais trouvé très bizarre. Je suis sûre qu'il y a des moments où il ne se souvient absolument pas de ce qu'il fait. Il vit dans un rêve étrange. Et hier c'était justement l'un de ces moments-là. Ce n'était pas mon père qui se trouvait près de moi. Son écorce était là, mais elle était vide.

— Dites-moi ce qui s'est passé.

— J'ai été réveillée pendant la nuit par le chien; il aboyait furieusement. Pauvre Roy, il est maintenant enchaîné près de l'écurie! Je précise que je dors toujours avec ma porte fermée à clef; car comme Jack... comme M. Bennett vous le dira, nous vivons tous sous l'impression qu'un danger nous menace. Ma chambre est située au deuxième étage. Le store était levé devant ma fenêtre. La lune brillait au-dehors. Tandis que j'étais couchée et que je regardais le carré de lumière tout en écoutant les aboiements du chien, je vis avec stupéfaction le visage de mon père qui m'observait. Monsieur Holmes, j'ai failli mourir de surprise et d'horreur. Il avait collé sa figure contre la vitre, et il avait levé une main comme pour faire remonter le carreau. Si cette fenêtre s'était ouverte, je crois que je serais devenue folle. Ce n'était pas une hallucination, monsieur Holmes ! Ne vous y trompez pas ! Je vous affirme que je suis bien demeurée une vingtaine de secondes pétrifiée en surveillant cette tête. Puis elle a disparu. Mais je n'ai pas pu... je n'ai pas pu sauter à bas de mon lit et courir à la fenêtre pour voir ce qu'elle était devenue. Je suis restée glacée et grelottante toute la nuit Au petit déjeuner je l'ai retrouvé sec, farouche, et il ne m'a fait aucune allusion à l'aventure de la nuit. Moi non plus, mais j'ai fourni une excuse pour me rendre à Londres, et j'ai accouru ici. »

Holmes parut profondément étonné.

« Mais, ma chère demoiselle, vous nous avez dit que votre chambre était située au deuxième étage. Y a-t-il dans le jardin une longue échelle ?

— Non, monsieur Holmes ; et c'est bien le côté stupéfiant de l'affaire. Il n'y a pas de moyen praticable pour atteindre la fenêtre... Et pourtant il était là !

— Cela se passait le 5 septembre, dit Holmes. Voilà qui complique les choses. »

Ce fut au tour de la jeune fille de paraître étonnée.

« Monsieur Holmes, intervint Bennett, je vous ai entendu deux fois insister sur la date des faits. Croyez-vous qu'elle puisse avoir de l'importance ?

— Peut-être. C'est très possible. Mais je manque encore d'éléments.

— Songeriez-vous au rapport existant entre la folie et les phases de la lune ?

— Non, je vous assure. Je pensais tout à fait à autre chose. Voudriez-vous me laisser votre agenda, afin que je contrôle les dates ? Je pense, Watson, que notre plan d'action est parfaitement clair. Cette jeune demoiselle nous a informés (et j'ai grande confiance en son intuition) que son père se rappelle peu ou pas du tout ce qui se produit à certaines dates. Nous irons donc le voir comme s'il nous avait fixé rendez-vous l'un des jours notés par M. Bennett. Il accusera son manque de mémoire. Nous pourrons donc nous mettre en campagne après l'avoir vu de près.

— Excellent ! s'exclama M. Bennett. Je vous préviens toutefois que le professeur est irascible, et même violent à ses heures. »

Holmes sourit.

« Il y a de bonnes raisons pour que nous ne tardions pas : des raisons irrésistibles si ma théorie est fondée. Demain, monsieur Bennett, vous nous verrez certainement à Camford. Si je me souviens bien, il existe une auberge qui s'appelle "Chequers" où le porto est au-dessus de la médiocrité et le linge au-dessus des reproches. Je crois, Watson, que nous pourrions passer les jours qui viennent dans des endroits moins agréables. »

Le lundi matin nous étions sur la route de la célèbre ville universitaire ; de la part de Holmes l'effort était facile : il n'avait pas à se déraciner ; mais moi, j'avais dû mettre sur pied tout un dispositif hâtif car ma clientèle à cette époque n'était pas à dédaigner. Holmes ne me parla de l'affaire qu'une fois nos valises déposées à l'hôtel dont il avait parlé.

« Je crois, Watson, que nous pouvons coincer le professeur juste avant déjeuner. Il a un cours à onze heures, et ensuite il se repose chez lui avant le repas.

— Sous quel prétexte nous présenterons-nous à lui ? »

Holmes jeta un coup d'œil sur son carnet.

« Il a eu une période d'énervement autour du

26 août. Tenons pour admis qu'il est un petit peu dans le brouillard ces jours-là. Si nous lui certifions que nous venons sur rendez-vous, je crois qu'il ne se hasardera pas à nous contredire. Disposez-vous de l'effronterie nécessaire pour l'affirmer ?

— Nous allons essayer en tout cas.

— Bravo, Watson ! Voilà la devise de notre firme : nous allons essayer en tout cas. Un indigène nous guidera sûrement jusqu'à sa maison. »

Nous trouvâmes l'« indigène » en la personne d'un cocher qui nous fit longer d'abord les collèges vénérables, puis qui tourna dans une grande avenue pour nous déposer devant la porte d'une demeure charmante entourée de pelouses et couverte de glycine rouge. Le professeur Presbury était sans nul doute habitué non seulement au confort, mais au luxe. Quand notre fiacre s'arrêta, une tête grisonnante apparut à la fenêtre de la façade ; deux yeux perçants sous des sourcils touffus nous dévisagèrent à travers de grosses lunettes d'écaille. Nous fûmes introduits dans le sanctuaire du savant ; l'homme mystérieux dont le déséquilibre nous avait arrachés à Londres se tenait devant nous. À première vue rien dans son attitude ni dans ses manières ne trahissait la moindre excentricité. Il était grand, majestueux, sérieux, et il portait la redingote avec toute la dignité d'un conférencier célèbre. Ses yeux étaient sans doute ce qu'il avait de plus remarquable : leur regard m'apparut aigu, observateur, et d'une intelligence qui frôlait l'astuce.

Il lut nos cartes de visite.

« Veuillez vous asseoir, messieurs. Que puis-je faire pour vous ? »

Holmes lui adressa son sourire le plus engageant.

« C'était justement la question que j'allais vous poser, monsieur.

— À moi, monsieur ?

— Il s'agit peut-être d'une erreur. J'ai appris par l'intermédiaire d'un tiers que le professeur Presbury, de Camford, avait besoin de mes services.

— Non, vraiment ?... »

J'eus l'impression qu'une étincelle de méchanceté s'alluma dans les grands yeux gris.

« ... Vous avez appris, dites-vous ? Puis-je vous demander le nom de votre informateur ?

— Je regrette, professeur, mais l'affaire présentait un caractère confidentiel. Si une erreur a été commise, c'est sans importance. Je ne peux que vous exprimer nos excuses pour vous avoir dérangé.

— Pas du tout ! J'aimerais beaucoup approfondir cette question. Elle m'intéresse. N'avez-vous pas un papier écrit, lettre ou télégramme, qui corrobore vos dires ?

— Non, monsieur.

— Je suppose que vous n'irez pas jusqu'à prétendre que je vous ai convoqués ?

— Je préférerais ne pas avoir à répondre, dit Holmes.

— Ce détail mérite pourtant une réponse, déclara le professeur d'un ton âpre. Mais je l'aurai sans votre aide. »

Il traversa le bureau et sonna. Notre ami de Londres, M. Bennett, se présenta aussitôt.

« Entrez, monsieur Bennett. Ces deux gentlemen sont venus de Londres avec l'impression qu'ils avaient été convoqués. Toute ma correspondance passe entre vos mains. Avez-vous vu une lettre adressée à une personne nommée Holmes ?

— Non, monsieur, répondit Bennett en rougissant.

— Voilà qui est concluant ! dit le professeur en lançant un mauvais regard à mon compagnon. Maintenant, monsieur... »

Il avança le buste et posa à plat ses mains sur la table.

«... Il me semble à moi que vous êtes dans une situation qui mérite quelques explications.»

Holmes haussa les épaules.

«Je ne puis que vous répéter que je regrette de vous avoir dérangé inutilement.

— Insuffisant, monsieur Holmes!» s'écria le vieil homme.

Une méchanceté extraordinaire prit possession de sa physionomie. Sa voix était devenue tonnante. Il s'interposa entre la porte et nous. Il brandit ses poings avec fureur.

«Vous ne sortirez pas d'ici aussi facilement!» nous dit-il.

La rage déformait ses traits. Il avait perdu tout bon sens. Je suis persuadé que nous aurions dû en venir aux mains pour sortir de son bureau si M. Bennett n'était intervenu.

«Mon cher professeur! s'exclama-t-il. Réfléchissez à votre situation. Songez au scandale dans l'Université! M. Holmes est une personnalité connue. Vous ne pouvez pas le traiter avec un pareil manque d'égards!»

De mauvaise grâce notre hôte (si je puis l'appeler ainsi) nous laissa le champ libre. Nous ne fûmes pas mécontents de nous retrouver dans la rue paisible. Holmes semblait très amusé par cet épisode.

«Les nerfs de notre savant ami me paraissent quelque peu déréglés, me dit-il. Notre intrusion était peut-être hardie, mais elle nous a apporté ce contact personnel que je désirais. Attention, Watson! Je l'entends sur nos talons. Sûrement il nous pourchasse...»

Effectivement quelqu'un courait derrière nous, mais ce n'était pas, je le constatai avec soulagement, le redoutable professeur: c'était son collaborateur qui nous rejoignit tout essoufflé.

« Je suis si désolé, monsieur Holmes ! Je voulais vous présenter mes excuses.

— Elles sont bien inutiles, mon cher monsieur ! Ces légers incidents font partie de ma vie professionnelle.

— Je ne l'ai jamais vu dans un état pareil. Il devient dangereux, terrible. Comprenez-vous à présent pourquoi sa fille et moi nous sommes effrayés ? Et pourtant il a conservé l'esprit clair !

— Trop clair ! fit Holmes. J'avais commis une erreur de calcul. Il est évident que sa mémoire est beaucoup plus sûre que je ne l'avais supposé. À propos, pouvons-nous, avant que nous nous éloignions, apercevoir la fenêtre de Mlle Presbury ? »

M. Bennett se fraya un chemin parmi des buissons, et nous aperçûmes un côté de la maison.

« La voilà : la deuxième sur la gauche.

— Mais elle me paraît tout à fait inaccessible ! Pourtant il y a du lierre au-dessous et une conduite d'eau au-dessus qui fournissent un appui ou une prise.

— Moi-même j'aurais bien du mal à grimper jusque-là, dit M. Bennett.

— Certes ! Pour tout homme normal ce serait un exploit dangereux.

— Il y avait une autre chose que je désirais vous dire, monsieur Holmes. J'ai le nom de l'homme de Londres qui est en correspondance avec le professeur. Le professeur lui a sans doute écrit ce matin, et j'ai relevé l'adresse sur le buvard. C'est de l'espionnage ignoble de la part d'un secrétaire de confiance, mais que puis-je faire d'autre ? »

Holmes lut le papier que lui tendait Bennett, et le mit dans sa poche.

« Dorak ? Un nom curieux ! D'origine slave, je

présume. Eh bien, voilà un gros maillon pour ma chaîne ! Nous rentrerons à Londres demain après-midi, monsieur Bennett. Je ne vois pas à quoi servirait que nous restions. Nous ne pouvons pas arrêter le professeur puisqu'il n'a commis aucun crime, et nous ne pouvons pas le faire enfermer puisque sa folie n'est pas prouvée. Jusqu'ici il n'est pas possible d'envisager une action quelconque.

— Mais alors que faire ?

— Un peu de patience, monsieur Bennett ! Les choses ne vont pas tarder à prendre tournure. Sauf erreur de ma part, il aura probablement une crise mardi prochain. Ce jour-là nous serons à Camford. En attendant, cette situation est incontestablement déplaisante, et si Mlle Presbury pouvait prolonger son séjour à Londres…

— Rien de plus facile !

— Alors, qu'elle reste à Londres jusqu'à ce que nous puissions l'assurer que tout danger est conjuré. D'ici mardi, ne le contrariez pas. Tant qu'il sera de bonne humeur, tout ira bien.

— Le voilà ! » chuchota Bennett.

À travers les branchages nous distinguâmes la grande silhouette droite qui était apparue devant la porte d'entrée et qui regardait les alentours. Il se tint légèrement penché en avant, les bras ballants, la tête tournant à droite et à gauche. Le secrétaire s'éclipsa, traversa les fourrés pour rejoindre le professeur, et tous deux rentrèrent ensemble dans la maison non sans avoir entamé une conversation apparemment animée, et même passionnée.

« Je crois que le vieux gentleman est en train d'additionner deux et deux, me dit Holmes quand nous eûmes pris le chemin des "Chequers". Il m'a donné l'impression de posséder un cerveau particulièrement logique, d'après le peu que je connais de lui. Il est violent, sans doute, mais reconnaissons que de son point de vue il ne manquait pas de motifs pour exploser : il voit des détectives attachés à ses pas et il soupçonne certainement son entourage de les avoir alertés. Notre ami Bennett pourrait bien traverser des heures difficiles ! »

Holmes s'était arrêté en route au bureau de poste, et il avait expédié un télégramme. Nous reçûmes la réponse le soir même. Il me la montra : « Me suis rendu Commercial Road et ai vu Dorak. Personnage affable. Bohémien d'origine. Âgé. Tient un grand magasin. Mercer. »

« Vous ne connaissez pas Mercer, m'expliqua Holmes. Je l'ai engagé récemment. Il s'occupe du travail de routine. Il était important de savoir quelque chose sur l'homme avec lequel notre professeur correspond si secrètement. Sa nationalité se relie dans mon esprit à ce séjour à Prague.

— Dieu merci, dis-je, voilà enfin quelque chose qui se relie à quelque chose ! Pour l'instant nous nous trouvons en face d'une série d'incidents inexplicables qui n'ont entre eux aucun rapport. Par exemple, quel rapport peut-il bien exister entre un chien-loup furieux et un séjour en Bohême, ou entre l'un et l'autre de ces faits avec un homme qui la nuit marche à quatre pattes dans un couloir ? Quant à vos dates, c'est la plus grande mystification du siècle ! »

Holmes se frotta les mains en souriant. Nous étions assis dans le petit salon du vieil hôtel, devant une bouteille de porto.

« Bon ! Eh bien, voyons un peu les dates pour commencer, fit-il en réunissant les extrémités de ses doigts et en prenant l'attitude d'un maître d'école qui s'adresse à sa classe. L'agenda de cet excellent jeune homme nous démontre que les troubles se sont manifestés le 2 juillet d'abord, puis tous les neuf jours, avec, je crois, une seule exception. La dernière crise remonte au vendredi 3 septembre, exactement neuf jours après la crise précédente datant du 26 août. Il ne s'agit pas d'une simple coïncidence. »

J'acquiesçai.

« Formulons donc la théorie provisoire suivante : tous les neuf jours le professeur prend une certaine drogue puissante qui provoque un effet passager, mais hautement toxique. Son tempérament naturellement violent en subit l'effet. Il a appris à prendre cette drogue pendant qu'il se trouvait à Prague, et c'est maintenant un intermédiaire de Londres qui la lui fournit. Tout cela est cohérent, Watson !

— Mais le chien, mais la tête à la fenêtre, mais la marche à quatre pattes dans le couloir ?

— Écoutez, nous avons démarré. Nous avons un début. Je ne m'attends à rien de neuf avant mardi prochain. En attendant, nous ne pouvons que demeurer en contact avec l'ami Bennett et profiter des agréments de cette charmante ville. »

*

Le lendemain matin, M. Bennett s'échappa pour nous porter les dernières informations. Comme Holmes l'avait prévu, il avait vécu des heures difficiles. Sans l'avoir accusé directement d'être le responsable de notre intrusion, le professeur lui avait parlé un langage très rude et lui avait tenu rigueur de l'incident. Ce matin pourtant il était redevenu normal et il avait fait comme d'habitude son cours, très brillant, devant une foule d'étudiants.

« En dehors de ses accès bizarres, nous dit-il, je lui trouve une vitalité et une énergie plus grandes que jamais, et son cerveau fonctionne admirablement. Mais il n'est plus lui-même : plus du tout l'homme que nous avons connu.

— Je ne crois pas que vous ayez quelque chose à craindre pendant une semaine, répondit Holmes. Or je suis un homme occupé, et le docteur Watson a des malades qui l'attendent. Convenons que nous nous retrouverons dans cet endroit mardi prochain. Je serais bien surpris si, avant que nous nous séparions, nous n'étions pas capables d'expliquer sinon de supprimer les soucis qui vous assaillent. Jusque-là, tenez-nous au courant par lettre. »

*

Je ne revis pas mon ami les jours suivants ; mais lundi soir je reçus un bref message m'invitant à le rejoindre au train du lendemain. Pendant que nous roulions vers Camford il m'annonça que de nouveaux incidents ne s'étaient pas produits, que la paix avait régné dans la maison du professeur dont le comportement avait été tout à fait normal. M. Bennett nous le confirma de vive voix quand il nous retrouva le soir même aux « Chequers ».

« Il a reçu aujourd'hui de son correspondant de Londres une lettre et un petit paquet avec une croix sous le timbre. Je n'y ai donc pas touché. Rien d'autre à signaler.

— Cela pourrait être suffisant, murmura Holmes avec un sourire de mauvais augure. Je crois, monsieur Bennett, que nous arriverons cette nuit à une conclusion. Si mes déductions sont correctes, l'affaire est mûre. Mais pour cela il est indispensable de surveiller le professeur. Je vous serais reconnaissant, par conséquent, de demeurer éveillé et d'être sur le qui-vive. Si vous l'entendez passer devant votre porte, n'intervenez pas, mais suivez-le aussi discrètement que possible. Le docteur Watson et moi nous ne serons pas loin. À propos, où est la clef de cette petite boîte dont vous nous avez parlé ?

— Il la porte à sa chaîne de montre.

— Je suppose que nos recherches devront s'orienter par là. Au pis, la serrure ne doit pas être bien formidable ! Y a-t-il sur les lieux un autre homme valide ?

— Le cocher, Macphail.

— Où dort-il ?

— Dans l'écurie.

— Nous aurons peut-être besoin de lui. Eh bien, nous ne pouvons rien faire de plus avant d'assister au développement des événements !... Bonsoir. Mais je pressens que nous vous reverrons avant demain matin. »

Il était près de minuit quand nous prîmes notre faction parmi les buissons qui faisaient face à la porte de la maison du professeur. La nuit était belle, mais froide, et nous n'eûmes pas à regretter d'avoir pris des manteaux chauds. Le vent soufflait. Des nuages filaient dans le ciel et masquaient par moments la demi-lune. Notre faction aurait été lugubre si nous n'avions pas été bardés contre l'ennui par la curiosité et l'impatience, et si mon camarade ne m'avait pas assuré que nous étions arrivés au terme de cette étrange succession d'événements.

« Pour peu que le cycle des neuf jours se vérifie ce soir, me dit Holmes, nous devrions voir le professeur en pleine crise. Ses symptômes se sont déclarés après son voyage à Prague ; il entretient une correspondance secrète avec un commerçant de Bohême établi à Londres et qui représente sans doute quelqu'un à Prague ; il a reçu de lui un paquet aujourd'hui même. Tout cela est cohérent. Nous ne savons pas ce qu'il prend, ni pourquoi il le prend, mais le produit vient de Prague, très vraisemblablement. Il le prend d'après des directives précises qui règlent ce cycle des neuf jours, premier point qui a attiré mon attention. Ses symptômes sont tout à fait remarquables. Avez-vous observé les jointures de ses doigts ? »

Je dus avouer que non.

« Épaisses et cornées comme je n'en ai jamais vu. Il faut toujours commencer par regarder les mains, Watson. Ensuite les poignets de la chemise, les genoux du pantalon et les souliers. Ces jointures très bizarres ne peuvent s'expliquer que par le processus observé… »

Holmes s'interrompit et se frappa le front.

« … Oh ! Watson, Watson, que j'ai été stupide ! Mon idée paraît incroyable, et pourtant elle doit être exacte. Tout pointe dans cette direction. Comment n'ai-je pas vu le lien qui relie tout ! Ces jointures… comment ai-je pu laisser passer ces jointures ? Et le chien ! Et le lierre ! Oh ! il est grand temps que je disparaisse dans la petite ferme de mes rêves ! Attention, Watson ! Le voici ! Nous avons la chance d'être aux premières loges. »

La porte d'entrée s'était lentement ouverte ; contre le vestibule éclairé la haute silhouette du professeur se détacha. Il était en robe de chambre. Tandis qu'il se profilait sur le seuil, il se tenait droit, mais il se penchait légèrement en avant, bras ballants, comme nous l'avions déjà vu.

Il s'engagea dans l'avenue. Alors un changement extraordinaire s'opéra en lui. Il se laissa tomber en avant, s'accroupit et se mit à marcher sur les mains et les pieds, sautillant par moments comme s'il débordait de vitalité et de force. Il longea à quatre pattes la façade de la maison et contourna l'angle. Quand il eut disparu, Bennett se glissa hors de la maison et le suivit doucement.

« Venez, Watson, venez ! » s'écria Holmes.

Nous nous hâtâmes le plus vite possible parmi les fourrés et nous arrivâmes à un endroit d'où nous pûmes observer l'autre côté de la maison qu'éclairait la lumière de la demi-lune. Distinctement visible, le professeur était ramassé sur lui-même au pied du mur couvert de lierre. Puis avec une agilité surprenante il se mit à grimper. De branche en branche il se hissait, le pied sûr et la poigne robuste, apparemment pour le plaisir d'exercer son talent de grimpeur et sans but précis. Sa robe de chambre flottait de chaque côté : on aurait dit une gigantesque chauve-souris accrochée au flanc de la maison ; il dessinait une tache noire carrée sur le mur. Bientôt il se lassa de cette distraction et, se laissant tomber de branche en branche, il s'accroupit à nouveau et se dirigea vers l'écurie en marchant à quatre pattes. Le chien-loup était sorti de sa niche ; il commença à aboyer furieusement ; quand il aperçut son maître ses aboiements redoublèrent de violence. Il tirait sur sa chaîne, tremblait de rage et d'impatience. Le professeur s'accroupit juste à côté du chien, mais hors de son atteinte, et il entreprit alors de le provoquer et de l'exciter de toutes les manières imaginables. Il ramassa des poignées de sable et de gravier dans l'avenue et les jeta dans les yeux du chien, il le houspilla avec un bâton qu'il avait trouvé, il agita ses mains sous la gueule béante et frémissante, bref il s'efforça de pousser au paroxysme la fureur de l'animal, déjà presque fou de rage. Dans toutes nos aventures je ne crois pas que j'aie assisté à un spectacle plus étrange que cette silhouette imposante et digne accroupie à quatre pattes sur le sol comme une grenouille et aiguillonnant par toutes sortes de cruautés ingénieuses et calculées un chien en colère qui rampait et sautait en face de lui.

Et soudain, le drame éclata ! Ce ne fut pas la chaîne qui cassa : mais le collier qui glissa, car il avait été fabriqué pour un gros terre-neuve. Nous entendîmes le cliquetis du métal tombant à terre.

L'instant d'après l'homme et le chien roulaient ensemble sur le sol : l'un rugissant de rage, l'autre hurlant de terreur. Il s'en fallut de peu que le professeur y laissât la vie. La bête l'avait saisi à la gorge, ses crocs s'étaient déjà enfoncés profondément, le professeur s'était évanoui avant que nous eussions pu nous interposer et séparer les combattants. Nous aurions sans doute été exposés nous-mêmes à un grand péril si l'arrivée et la voix de Bennett n'avaient instantanément ramené le chien à la raison. Le vacarme avait tiré de la chambre où il couchait au-dessus de l'écurie le cocher mal réveillé et ahuri.

« Ça ne m'étonne pas ! fit-il en hochant la tête. Je l'avais déjà observé. Je savais bien que le chien finirait tôt ou tard par lui sauter dessus. »

Le chien fut enchaîné à nouveau, et nous ramenâmes le professeur dans sa chambre où Bennett, qui avait fait des études de médecine, m'aida à panser la gorge blessée. Les dents acérées s'étaient plantées non loin de l'artère carotide et l'hémorragie était sérieuse. Au bout d'une demi-heure tout danger se trouva écarté ; j'injectai au malade de la morphine et il sombra dans un sommeil profond. Ce fut alors que nous pûmes discuter de la situation.

« Je pense qu'un grand médecin devrait le prendre en main ! déclarai-je.

— Non, au nom du Ciel ! s'écria Bennett. À présent le scandale est confiné dans cette maison. Il ne sortira pas de nos murs. Mais si quelqu'un d'autre est appelé, le professeur deviendra la fable du monde entier. Réfléchissez à son rang dans l'Université, à sa réputation européenne, aux sentiments de sa fille !

— Très juste ! dit Holmes. Je pense que nous pouvons tenir l'affaire secrète, et que nous empêcherons toute nouvelle récidive puisque nous avons les mains libres. Donnez-moi la clef de la chaîne de montre, monsieur Bennett. Macphail va rester auprès du malade et nous préviendra si un changement se produit. Allons voir ce que contient la boîte mystérieuse du professeur. »

Elle ne contenait pas grand-chose, mais c'était assez : une fiole vide, une autre presque pleine, une seringue hypodermique, plusieurs lettres écrites en pattes de mouche par un étranger. Les croix sur les enveloppes attestaient qu'il s'agissait bien de celles qui avaient modifié les habitudes du secrétariat ; chacune était originaire de Commercial Road et signée « A. Dorak ». Elles n'étaient en fait que des factures annonçant qu'une nouvelle fiole était envoyée au professeur, ou des reçus. Toutefois il y avait une autre enveloppe écrite par quelqu'un de plus instruit, et qui portait le cachet de la poste de Prague sur un timbre autrichien.

« Voici la solution du mystère ! » s'écria Holmes. Et il lut :

« Cher et estimé confrère,

« Depuis votre visite qui nous a honorés j'ai beaucoup réfléchi à votre cas. Étant donné vos préoccupations, le traitement se justifie, mais néanmoins je ne saurais trop vous recommander la prudence, car les résultats que j'ai obtenus montrent qu'il n'est pas totalement exempt de dangers.

« Il est possible que le sérum de l'anthropoïde soit plus indiqué. J'ai utilisé, comme je vous l'ai expliqué, le langur à tête noire parce que je pouvais me procurer un échantillon. Le langur est, naturellement, un rampeur et un grimpeur, tandis que l'anthropoïde marche droit et dans l'ensemble est plus proche de l'homme.

« Je vous demande de prendre toutes les précautions possibles pour que le procédé ne soit pas prématurément révélé. J'ai en Angleterre un autre client. Dorak sera mon représentant pour vous deux.

« Un rapport hebdomadaire m'obligerait.

« Bien à vous, avec ma très haute considération.

« H. Lowenstein. »

Lowenstein ! Ce nom me rappela un article de journal qui contait l'histoire d'un savant obscur qui avait trouvé un moyen inconnu pour parvenir au secret de la régénérescence et de l'élixir de vie. Lowenstein de Prague ! Lowenstein avec son étonnant sérum revigorant, proscrit par la Faculté parce qu'il refusait de révéler son origine... En quelques mots je mis mes compagnons au courant. Bennett s'empara d'un manuel de zoologie.

« "Langur, lut-il, grand singe à tête noire des pentes de l'Himalaya, le plus gros et le plus proche de l'homme des singes grimpeurs." Suivent des détails. Eh bien, grâce à vous, monsieur Holmes, nous avons remonté jusqu'à la source du mal !

— La vraie source, répondit Holmes, réside certainement dans cette histoire d'amour inopportune. Notre impétueux professeur s'est mis dans la tête qu'il ne parviendrait à ses fins qu'en se muant en homme plus jeune. Quand on essaie de se hisser au-dessus de la nature, on court le risque de tomber plus bas. Le type humain supérieur peut retourner à l'animal s'il s'écarte de la route droite de sa destinée... »

Il considéra la fiole qu'il avait gardée dans sa main et examina le liquide clair qui était à l'intérieur.

« ... Quand j'aurai écrit à cet homme pour lui dire que je le tiens pour criminellement responsable des poisons qu'il met en circulation, nous n'aurons plus d'ennuis. Mais le danger subsiste. Il peut se représenter d'une manière plus anodine. C'est un grand danger, un très grand danger pour l'humanité. Supposez, Watson, que le matérialiste, le sensuel, le mondain prolongent leurs existences inutiles. Que deviendrait le spirituel ? Nous aboutirions à la survivance du moins capable. Dans quel abîme d'iniquité plongerait notre pauvre humanité !... »

Mais l'homme d'action chassa brusquement le rêveur.

« ... Je crois qu'il n'y a plus rien à ajouter, monsieur Bennett. Les divers épisodes trouvent aisément leur place dans le cadre général. Le chien, bien sûr, a perçu le changement beaucoup plus vite que vous. Son odorat le lui permettait. C'était le singe, et non le professeur, que Roy attaquait ; de même que c'était le singe qui aiguillonnait Roy. Le singe adore grimper. C'est tout à fait par hasard, je pense, que l'escalade a amené le professeur en face de la fenêtre de sa fille... Il y a un train pour Londres bientôt, Watson, mais que penseriez-vous d'une tasse de thé aux "Chequers" avant que nous sautions dedans ? »

LA CRINIÈRE DU LION

Il est vraiment étonnant qu'un problème complexe et extraordinaire comme j'en ai rarement vu au cours de ma longue carrière active se soit présenté à moi après ma retraite, et presque à ma porte. Je venais de me retirer dans le Sussex et je m'étais entièrement adonné à cette vie apaisante de la nature à laquelle j'avais si fréquemment aspiré pendant les nombreuses années que j'avais passées dans les ténèbres londoniennes. À cette époque le bon Watson avait quasiment disparu de mon existence. De temps à autre, il faisait un court séjour pour le week-end, dans ma petite maison, et c'était tout. Voilà pourquoi je tiens moi-même ma chronique. Ah ! s'il s'était trouvé avec moi, que n'aurait-il pas fait d'un événement aussi peu banal et de mon triomphe final ! Hélas ! il faut que je raconte mon histoire à mon humble manière ; mes phrases malhabiles correspondent à mes étapes sur la route difficile qui s'allongea devant moi quand j'entrepris d'élucider le mystère de la crinière du lion.

Ma villa est située sur le versant méridional des Downs et j'ai un joli point de vue sur la Manche. À cet endroit la côte est constituée uniquement par des falaises crayeuses que l'on ne peut descendre que par un seul sentier long et tortueux, escarpé, glissant. Au bas de ce sentier s'étend une bande de galets et de cailloux large de cent mètres, même quand la marée est haute. Ici ou là se dessinent des courbes et des creux qui constituent de magnifiques piscines naturelles dont l'eau se renouvelle régulièrement à chaque flux. Cette plage admirable se prolonge sur plusieurs kilomètres aussi bien à droite qu'à gauche, sauf sur un point où la petite anse et le village de Fulworth en interrompent la monotonie.

Ma maison est isolée. Moi, ma vieille femme de charge et mes abeilles, nous sommes seuls à vivre dans mon domaine. À huit cents mètres, toutefois, se dresse le collège bien connu de Harold Stackhurst, les Pignons ; c'est une grande propriété où sont réunis une vingtaine de jeunes garçons qui se préparent à diverses professions sous le chaperonnage de plusieurs maîtres. Stackhurst lui-même était en son temps un rameur réputé de Cambridge, et il avait une culture universelle. Nous nous liâmes d'amitié depuis le jour où je m'établis sur la côte ; il était le seul homme du pays qui venait passer la soirée chez moi, ou chez qui je me rendais, sans invitation formelle.

Vers la fin de juillet 1907, il y eut une grosse tempête ; le vent balaya la Manche ; la mer vint fouetter la base des falaises et des lagunes subsistèrent après le reflux. Le matin auquel je pense, le vent était tombé ; toute la nature était lavée de neuf et toute fraîche. Il était impossible de travailler tant la journée s'annonçait délicieuse ; je sortis avant le petit déjeuner pour faire un tour et respirer le bon air. Je pris le sentier qui conduisait à la descente vers la plage. Tout en marchant j'entendis un cri derrière moi : c'était Harold Stackhurst qui agitait ses bras comme un sémaphore pour me souhaiter joyeusement bonjour.

« Quelle matinée, monsieur Holmes ! Je pensais bien que je vous rencontrerais dehors.

— Vous allez nager, je vois ?...

— Ah ! vous n'avez pas perdu vos bonnes habitudes ! me dit-il en palpant sa poche gonflée. Oui. McPherson est sorti de bonne heure ; je pense que je le retrouverai par ici. »

Fitzroy McPherson était le professeur de sciences : un beau gaillard bien campé, mais dont le cœur était affaibli par un rhumatisme articulaire aigu. Athlète naturel malgré tout, il excellait dans tous les sports qui ne l'obligeaient pas à des efforts excessifs. Hiver comme été il allait nager et, nageur moi-même, je l'avais souvent rejoint dans l'eau.

À cet instant, nous vîmes McPherson en personne. Sa tête apparut au-dessus de la crête de la falaise où aboutissait le sentier. Il se dressa de toute sa hauteur, mais en vacillant comme un homme ivre. Presque aussitôt il leva les mains et, poussant un cri terrible, il tomba la face contre terre. Stackhurst et moi qui étions à cinquante mètres de là, nous nous précipitâmes ; nous le retournâmes et le mîmes sur le dos. Visiblement il agonisait. Ces yeux qui sombraient, ces joues livides n'annonçaient que la mort. Une lueur de vie éclaira néanmoins son visage, et il prononça deux ou trois phrases sur un ton de recommandation. Il voulait nous avertir, nous mettre en garde... Mais il avait parlé d'une voix indistincte et brouillée déjà par la mort. Les derniers mots que j'entendis et que je compris jaillirent de ses lèvres comme un cri : « La crinière du lion. »

La crinière du lion ? Rien de plus hors de propos, d'inintelligible. Et pourtant j'étais sûr de ce que j'avais entendu. Il se souleva à demi, battit l'air de ses bras, retomba sur le flanc. Il était mort.

Mon compagnon était paralysé par l'horreur.

Mais moi, comme le lecteur peut s'en douter, j'avais tous les sens alertés. Et j'en eus besoin, car il s'avéra bientôt que nous nous trouvions en face d'un cas extraordinaire. McPherson n'était vêtu que de son burberry, de son pantalon et d'une paire d'espadrilles non lacées. Quand il s'écroula, le burberry qu'il avait simplement jeté en travers de ses épaules glissa et découvrit son buste. Nous demeurâmes pétrifiés. Il avait le dos couvert de lignes rouge foncé, comme s'il avait été flagellé à coups redoublés par un fouet à fil de cuivre fin. L'instrument qui lui avait infligé cette punition était certainement flexible, car les longues cicatrices dessinaient des lignes courbes autour de ses épaules et de ses côtes. Du sang s'égouttait de son menton : il s'était mordu la lèvre inférieure dans un spasme de souffrance. Ce qu'avait été cette souffrance, ses traits déformés le révélaient.

Je me trouvais à genoux auprès du corps tandis que Stackhurst était demeuré debout, quand une ombre se projeta sur le sol : Ian Murdoch était arrivé à côté de nous. Murdoch était le professeur de mathématiques ; grand, brun, maigre, il était si taciturne et distant qu'il n'avait pas d'amis. Il semblait vivre dans un royaume élevé, abstrait, de racines irrationnelles et de sections coniques qui le rattachait peu à la vie ordinaire. Les étudiants le considéraient comme un original et l'auraient sans doute chahuté s'ils n'avaient pas flairé un peu de sang barbare dans les veines de leur professeur : héritage qui se devinait non seulement à ses yeux noirs comme du charbon et à son visage basané, mais aussi à des explosions intermittentes de mauvaise humeur qu'ils étaient unanimes à dépeindre comme féroces. Une fois, harcelé par un petit chien qui appartenait à McPherson, il s'était emparé de l'animal et l'avait fait passer par la fenêtre. Stackhurst l'aurait renvoyé pour cet exploit s'il n'avait pas été un excellent professeur. Tel était le personnage étrange, complexe, qui survint. Il parut sincèrement bouleversé par le spectacle qu'il découvrit, bien que l'histoire du chien eût prouvé qu'il n'existait guère d'affinités entre lui et l'homme qui venait de mourir.

« Pauvre diable ! Pauvre diable ! Que puis-je faire ? Comment puis-je vous aider ?

— Étiez-vous avec lui ? Pouvez-vous nous dire ce qui est arrivé ?

— Non, j'étais en retard ce matin. Je ne suis pas allé me baigner. J'arrive tout droit des Pignons. Que puis-je faire ?

— Courez au commissariat de police de Fulworth. Expliquez le cas. »

Sans un mot il s'éloigna au pas de course. Je pris naturellement l'affaire en main, tandis que Stackhurst, assommé par cette tragédie, demeurait à côté du corps. Mon premier devoir consistait à rechercher qui se trouvait sur la plage. Je me postai en haut du sentier ; de là je la dominais tout entière ; elle était déserte ; seules deux ou trois silhouettes sombres s'agitaient au loin dans la direction du village de Fulworth. Ayant précisé ce point, je descendis lentement le sentier. Il était fait d'argile ou de marne lisse mélangée à la craie : je vis par endroits la même empreinte de pieds qui descendaient et remontaient. Personne d'autre n'était allé à la plage par ce sentier. À un endroit j'observai la marque d'une main ouverte avec les doigts tendus dans le sens de la montée : ce qui signifiait seulement que le pauvre McPherson était tombé en remontant. Je vis aussi des creux arrondis : plus d'une fois il avait dû s'effondrer sur les genoux. Au bas du sentier s'étendait une grande lagune abandonnée par le reflux de la mer. McPherson s'était dévêtu à côté, car une serviette était encore posée sur un rocher. Elle était pliée et sèche, ce qui semblait indiquer qu'il n'était même pas entré dans l'eau. En marchant sur les galets, j'aperçus quelques petites plaques de sable où je reconnus l'empreinte de ses espadrilles et aussi de son pied nu. Ce dernier fait prouvait qu'il s'était disposé à se baigner ; mais la serviette sèche indiquait qu'il ne l'avait pas fait.

Ainsi se posait le problème : un problème aussi étrange que les plus étranges que j'avais eu autrefois à résoudre. McPherson n'était pas demeuré plus d'un quart d'heure sur la plage. Stackhurst l'avait suivi de près après sa sortie des Pignons : donc il ne pouvait y avoir de doutes là-dessus. Il allait se baigner et il s'était mis en tenue, comme ses pieds nus le confirmaient. Puis il avait brusquement remis ses vêtements, sans même les boutonner. Et il était reparti sans se baigner ou du moins sans se sécher. La cause de ce revirement ? Il avait été fustigé d'inhumaine façon, torturé à s'en mordre la lèvre jusqu'au sang pendant son agonie, et abandonné avec juste assez de force pour remonter le sentier et mourir. Qui avait commis une agression aussi barbare ? Il y avait bien des petites grottes et des cavernes à la base des falaises, mais le soleil bas les éclairait directement, et elles ne pouvaient servir de cachettes. D'autre part j'avais distingué des silhouettes lointaines sur la plage, mais si lointaines qu'elles ne pouvaient être associées avec le crime. Et puis cette large lagune où McPherson avait eu l'intention de se baigner, s'étendait entre elle et lui au ras des rochers. Sur la mer quelques barques de pêche étaient assez proches : leurs occupants pourraient être interrogés plus tard. Plusieurs voies s'offraient donc à l'enquête ; aucune ne menait vers un objectif bien évident.

Quand je retournai enfin auprès du corps, un petit groupe était rassemblé autour de lui. Il y avait bien entendu Stackhurst, et Ian Murdoch qui venait d'arriver avec Anderson, le policier du village (un gros gaillard à la moustache couleur de gingembre, digne fils de la race lente et solide du Sussex qui dissimule beaucoup de bon sens sous un extérieur pesant et silencieux). Il nous écouta, prit note de tout ce que nous lui racontâmes et finalement me tira à part.

« Je serais heureux de connaître votre avis, monsieur Holmes. C'est pour moi une grosse affaire, et si je me trompe ça fera du vilain ! »

Je lui donnai le conseil d'envoyer chercher son supérieur hiérarchique immédiat, ainsi qu'un médecin. Et aussi de ne pas autoriser qu'il soit touché à quoi que ce soit. Et encore de réduire au minimum les nouvelles empreintes de pas. Après quoi je me mis en demeure de fouiller les poches du mort. Je trouvai un mouchoir, un grand couteau, et un petit portefeuille. De celui-ci dépassait un bout de papier que je dépliai et tendis au policier. Une main féminine avait griffonné : « J'y serai, vous pouvez en être sûr ! Maudie. » Cela ressemblait à une affaire d'amour, à un rendez-vous ; mais où et quand ? Le policier le replaça dans le portefeuille qui retourna dans les poches du burberry. Puis, comme rien de plus ne semblait s'imposer, je rentrai chez moi pour le petit déjeuner après avoir fait prendre toutes dispositions utiles pour que le bas des falaises soit soigneusement fouillé.

*

Stackhurst vint me voir un peu plus tard pour m'informer que le corps avait été transporté aux Pignons où se déroulait l'enquête. Il m'apporta quelques nouvelles précises et sérieuses. Comme je m'y attendais, on n'avait rien trouvé dans les petites grottes et cavernes au bas de la falaise ; mais il avait examiné les papiers qui se trouvaient dans le bureau de McPherson ; or, certains lui avaient révélé qu'une correspondance intime existait entre le jeune professeur de sciences et une certaine Mlle Maud Bellamy de Fulworth. Ainsi se trouvait établie l'identité de l'auteur du billet.

« La police a pris les lettres, me dit-il. Je n'ai pas pu vous les amener. Mais il est hors de doute qu'il s'agissait d'une sérieuse affaire d'amour. Je ne vois néanmoins aucune raison de la relier à cet horrible événement à moins que la demoiselle lui ait effectivement fixé rendez-vous.

— Difficilement à une piscine que vous aviez tous l'habitude d'utiliser ! objectai-je.

— C'est un pur hasard, dit-il, que plusieurs étudiants ne se soient pas trouvés avec McPherson.

— Est-ce bien pur hasard ? »

Stackhurst fronça les sourcils en réfléchissant.

« Ian Murdoch les a retenus, m'expliqua-t-il. Il voulait procéder à je ne sais plus quelle démonstration géométrique avant le petit déjeuner. Pauvre type ! Il est terriblement affligé.

— Et pourtant je crois qu'ils n'étaient pas bons amis ?

— À une certaine époque, non. Mais depuis un an au moins Murdoch s'était retrouvé avec McPherson sur un plan aussi proche qu'il pouvait l'être avec un autre être humain, étant donné son caractère. Il n'est pas porté naturellement à se lier.

— Je comprends. Il me semble que vous m'aviez parlé il y a quelque temps d'une dispute entre eux à propos d'un chien maltraité.

— Elle s'était fort bien réglée.

— Non sans laisser peut-être certaines velléités de vengeance ?

— Non, je vous assure ! Ils étaient redevenus bons amis.

— Alors il nous faut nous tourner du côté de la jeune fille. La connaissez-vous ?

— Tout le monde la connaît ! C'est la reine de beauté du pays. Une vraie beauté, Holmes, qui ne passerait inaperçue nulle part ! Je savais que McPherson était attiré vers elle, mais j'ignorais que les choses avaient été poussées au point que ces lettres semblent indiquer.

— Mais qui est-elle ?

— La fille de Tom Bellamy, le propriétaire de tous les bateaux et cabines de bain de Fulworth. Il a commencé comme simple pêcheur, mais maintenant il a du bien au soleil. Lui et son fils William dirigent l'affaire.

— Si nous allions faire un tour à Fulworth pour les voir ?

— Sous quel prétexte ?

— Oh ! nous en trouverons un aisément ! Après tout, ce pauvre McPherson ne s'est pas maltraité tout seul aussi cruellement. Il y avait une main d'homme au bout de ce fouet, en admettant que ce soit un fouet qui l'ait blessé à mort. Dans cet endroit isolé il ne devait pas avoir beaucoup de relations. En en faisant le tour, nous finirons bien par découvrir le mobile, qui à son tour nous mènera au criminel. »

Si nous n'avions pas eu l'esprit tourmenté par la tragédie du matin, notre promenade à travers les Downs parfumées de thym aurait été fort agréable ! Le village de Fulworth est situé dans le creux d'un demi-cercle qui forme baie. Derrière le vieux hameau plusieurs maisons modernes avaient été construites sur le terrain en pente. Stackhurst me conduisit vers l'une d'elles.

« Voilà le "Havre", comme Bellamy l'a baptisée. Celle qui a une tourelle sur l'angle et un toit d'ardoises. Elle n'est pas mal pour un homme parti de rien... Oh ! oh ! Regardez, Holmes ! »

La porte du jardin venait de s'ouvrir ; quelqu'un la franchissait pour sortir. Impossible de se tromper sur la silhouette haute, anguleuse, dégingandée. C'était Ian Murdoch le mathématicien. Il nous croisa sur la route.

« Ohé ! » fit Stackhurst.

Murdoch répondit par un signe de tête, un curieux regard de biais, et il nous aurait dépassés si son directeur ne l'avait arrêté.

« Que faisiez-vous là ? » lui demanda-t-il.

Le visage de Murdoch s'enflamma de colère.

« Je suis votre subordonné, monsieur, mais uniquement sous votre toit. Je ne crois pas que j'aie à vous rendre compte de ma vie privée. »

Après tout ce qu'il avait enduré, Stackhurst avait les nerfs à fleur de peau. À un autre moment, peut-être, il aurait mieux réagi. Mais il perdit complètement son sang-froid.

« En de telles circonstances votre réponse est impertinente, monsieur Murdoch !

— Votre propre question relève du même terme.

— Ce n'est pas la première fois que je me heurte à votre insubordination. Ce sera la dernière. Vous voudrez bien prendre vos dispositions, aussi rapidement que possible, pour enseigner les mathématiques ailleurs que chez moi.

— J'en avais l'intention. J'ai perdu aujourd'hui le seul être qui rendait les Pignons vivables. »

Il s'éloigna. Stackhurst, furieux, demeura à le regarder.

« Il est décidément impossible, insupportable ! » cria-t-il.

La seule chose qui me vint naturellement à l'esprit fut que Ian Murdoch venait de sauter sur la première chance de prendre le large. Un soupçon vague, nébuleux, commença à prendre forme dans ma tête. Peut-être notre visite aux Bellamy projetterait-elle une lueur nouvelle sur l'affaire ? Stackhurst se ressaisit et nous nous dirigeâmes vers la maison.

M. Bellamy était dans la force de l'âge. Il avait une magnifique barbe rousse. Mais son humeur ne parut pas excellente, et son visage devint bientôt aussi rouge que son poil.

« Non, monsieur, je ne désire pas de détails. Mon fils... »

Il nous désigna un jeune homme robuste qui était assis, maussade et renfrogné, dans un coin du petit salon.

« ... Mon fils pense comme moi : les intentions de ce M. McPherson envers Maud étaient inconvenantes. Oui, monsieur, le mot "mariage" n'a jamais été prononcé. Et cependant il y a eu des lettres, des rencontres, et beaucoup d'autres choses que ni mon fils ni moi n'approuvions. Elle n'a plus sa mère. Nous sommes ses seuls gardiens. Nous sommes résolus... »

Mais la parole lui fut coupée par l'apparition de la jeune fille en personne. Je n'exagère rien en affirmant qu'elle eût ravi n'importe quel jury. Qui aurait pu supposer qu'une fleur pareille avait poussé à partir d'une telle souche et dans une atmosphère aussi lourde ? J'ai rarement éprouvé de l'attrait pour des femmes car mon cerveau a toujours gouverné mon cœur, mais il m'a suffi de regarder ce visage parfaitement dessiné, cette fraîcheur douce dans la coloration du teint, pour comprendre qu'elle devait émouvoir tout homme qui la rencontrerait. Elle poussa donc la porte et se tint devant Harold Stackhurst, tendue, les yeux grands ouverts.

« Je sais déjà que Fitzroy est mort, dit-elle. Ne craignez pas de me dire les détails.

— Il y a un autre gentleman de chez vous qui nous a appris la nouvelle, expliqua le père.

— Je ne vois pas en quoi ça concerne ma sœur », grommela le fils.

Maud lui décocha un regard vif, féroce.

« C'est mon affaire, William ! Je te prie de me laisser la régler comme je l'entends. D'après ce que je sais, il a été assassiné. Si je puis aider à désigner le criminel, c'est la moindre des choses que je puisse faire pour celui qui n'est plus. »

Elle écouta le bref récit de mon compagnon avec une concentration calme qui me montra qu'elle possédait autant de caractère que de charmes. Maud Bellamy demeurera toujours dans ma mémoire comme l'image d'une jeune fille accomplie et remarquable. Sans doute me connaissait-elle déjà de vue, car elle se tourna ensuite vers moi :

« Aidez à leur châtiment, monsieur Holmes ! Je vous assure de toute ma sympathie et de tout mon concours, quels que soient les criminels ! »

J'eus l'impression que tout en parlant elle défiait du regard son père et son frère.

« Merci ! lui répondis-je. J'apprécie beaucoup l'instinct féminin dans de telles affaires. Vous avez dit : "les". Vous croyez donc qu'il y avait plus d'un criminel ?

— Je connaissais assez M. McPherson pour savoir qu'il était brave et fort. Un homme seul n'aurait pas pu lui infliger de pareilles blessures.

— Pourrais-je vous dire un mot en particulier ?

— Je te le répète, Maud : ne te mêle pas de cette affaire ! » cria le père.

Elle me lança un regard désespéré :

« Que puis-je faire ?

— Tout le monde connaîtra bientôt les faits, répondis-je. Aussi le mal ne sera pas grand si je les expose ici. J'aurais préféré un entretien privé, mais puisque votre père ne le permet pas, il participera à notre conversation !... »

Je parlai alors du billet qui avait été trouvé dans la poche de McPherson.

« ... Il en sera certainement fait état à l'enquête. Puis-je vous demander de me donner quelques explications ?

— Je ne vois aucune raison d'en faire mystère, répondit-elle. Nous étions fiancés, nous devions nous marier ; nous gardions secret notre projet parce que l'oncle de Fitzroy, qui est âgé et à l'article de la mort paraît-il, aurait pu le déshériter s'il s'était marié contre son gré. Il n'y avait pas d'autre raison.

— Tu aurais pu nous le dire ! grogna M. Bellamy.

— Je vous l'aurais dit, père, si vous lui aviez témoigné la moindre sympathie.

— Je ne veux pas que ma fille sorte avec des garçons hors de son village.

— Votre préjugé contre lui nous a empêchés de vous avertir. Quant à ce rendez-vous... »

Elle fouilla dans sa robe et en retira un papier chiffonné.

« ... C'était une réponse à ceci... »

Elle le lut :

« "Chérie, comme d'habitude au même endroit sur la plage, mardi, après le coucher du soleil. C'est la seule heure où je pourrai m'échapper. F. M." »

Elle ajouta :

« ... Mardi, c'est aujourd'hui. J'avais l'intention de le rencontrer ce soir. »

Je retournai le billet.

« Ce petit mot n'est pas arrivé par la poste. Comment l'avez-vous reçu ?

— Je préférerais ne pas répondre à cette question. Elle est réellement sans le moindre rapport avec l'affaire sur laquelle vous enquêtez. Mais sur tout ce qui se rapporte à elle je vous répondrai très librement. »

Elle tint parole ; mais son interrogatoire ne nous apprit rien de nouveau. Elle n'avait aucune raison de croire que son fiancé avait un ennemi caché, mais elle convint qu'elle avait eu plusieurs admirateurs très ardents.

« Puis-je vous demander si M. Ian Murdoch figurait dans le nombre ? »

Elle rougit et parut embarrassée.

« À une certaine époque, je crois qu'il l'a été. Mais tout a changé quand il a compris quelles relations nous unissaient Fitzroy et moi. »

À nouveau l'ombre de cet homme étrange sembla poindre avec une précision accrue. Il faudrait fouiller son passé. Sa chambre devrait être soigneusement inventoriée. Stackhurst m'aiderait de toute sa bonne volonté car ses soupçons s'étaient éveillés. Nous revînmes du « Havre » avec l'espoir que nous avions saisi un bout de l'écheveau.

*

Une semaine s'écoula. L'enquête n'avait rien éclairci et elle se poursuivait. Stackhurst s'était discrètement renseigné sur son subordonné, et une fouille superficielle de sa chambre n'avait donné aucun résultat. Personnellement j'avais tout repris à zéro et j'avais travaillé autant avec mes jambes qu'avec ma tête : en vain. Jamais le lecteur ne trouvera dans toutes mes chroniques un cas où je me sois trouvé absurdement à la limite de mon pouvoir. Le mystère dépassait même mes facultés imaginatives. Et puis survint un incident : l'incident du chien.

Ma vieille femme de charge en entendit parler la première, grâce à ce mystérieux sans fil qui permet aux gens de la campagne d'avoir des nouvelles des uns et des autres.

« Une bien triste histoire, monsieur, l'histoire du chien de M. McPherson ! » me dit-elle un soir.

Je n'encourage jamais sa conversation, mais pour une fois j'insistai pour avoir la suite.

« Qu'y a-t-il à propos du chien de M. McPherson ?

— Il est mort, monsieur. Mort de chagrin pour son maître.

— Qui vous a raconté cela ?

— Mais, monsieur, tout le monde en parle. Il se désolait que ça en devenait terrible. Il ne voulait plus rien manger depuis une semaine. Et puis aujourd'hui deux jeunes messieurs des Pignons l'ont trouvé mort. Mort sur la plage, monsieur : exactement à l'endroit où son maître a été tué. »

« Exactement à l'endroit... » Ces quatre mots retentirent dans ma tête comme un son neuf. Brusquement j'eus l'impression confuse que ce détail était capital. Que le chien mourût, voilà qui était bien dans la nature magnifiquement fidèle des chiens. Mais « exactement à l'endroit »... ! Pourquoi cette plage isolée lui avait-elle été fatale ? Était-il possible que lui aussi ait été sacrifié à une inimitié vindicative ? Était-il possible ?... Je n'avais qu'une impression confuse, mais déjà mon cerveau commençait à édifier une construction. Quelques minutes plus tard j'arrivai aux Pignons où je trouvai Stackhurst dans son bureau. À ma requête il convoqua Sudbury et Blount, les deux étudiants qui avaient découvert le chien.

« Oui, il était couché juste au bord de la lagune,

me confirma l'un d'eux. Il a dû suivre la piste de son défunt maître. »

Je vis le cadavre du petit animal fidèle, un terrier Airedale, étendu sur le paillasson dans l'entrée. Le corps avait la rigidité de la mort ; les yeux saillaient ; les membres étaient tordus ; la souffrance se lisait sur cette pauvre bête comme si elle avait hurlé.

Des Pignons je me dirigeai ensuite vers la piscine. Le soleil était couché ; l'ombre de la grande falaise s'allongeait toute noire sur l'eau qui scintillait sans plus d'éclat qu'une feuille de plomb. L'endroit était désert ; en dehors de deux oiseaux de mer qui dessinaient des cercles en poussant leurs cris, il n'y avait aucun signe de vie. Dans la lumière qui s'affaiblissait je pus à peine distinguer les petites foulées du chien sur le sable autour du rocher où son maître avait posé sa serviette. Pendant un long moment je demeurai plongé dans une profonde méditation. Autour de moi les ombres s'appesantissaient. J'avais la tête pleine de pensées qui se chevauchaient à folle allure. Vous savez ce que c'est que de vivre un cauchemar dans lequel vous sentez qu'il y a une certaine chose capitale que vous recherchez et dont vous savez qu'elle est là tout en se maintenant hors de votre portée. Voilà ce que j'éprouvai ce soir-là à cet endroit marqué par la mort. Finalement je fis demi-tour et repris lentement le chemin de ma maison.

Je venais d'arriver au faîte du sentier quand dans un éclair je me rappelai cette chose capitale que j'avais tant cherchée. Vous savez certainement (ou alors Watson a perdu son temps) que je possède une ample réserve de connaissances hors du commun, sans système scientifique, mais très utiles pour les nécessités de mon travail. Mon esprit ressemble à une chambre de débarras bourrée de paquets de toutes sortes et bien rangés ; il y en a tellement que je peux très bien ne pas toujours me rappeler leur détail. Or, je venais d'acquérir la certitude que quelque chose dans ma tête pouvait se rapporter à l'affaire. C'était encore vague, mais du moins j'allais être capable de préciser. Et aussi c'était monstrueux, incroyable ; pourtant j'entrevoyais une hypothèse ; je la vérifierais jusqu'au bout !

Dans ma maison une petite mansarde est pleine de livres. J'y grimpai et fourrageai pendant une heure. Mais j'en sortis avec un petit volume à couverture chocolat et argent. Avidement je relus le chapitre dont j'avais gardé le souvenir confus. Certes, l'hypothèse était bien osée, invraisemblable ; toutefois je n'aurais point de repos avant de m'être assuré de sa fausseté. Il était tard quand je me mis au lit. Je ne pouvais pas m'empêcher de penser à la tâche qui m'attendait le lendemain.

Mais cette tâche se heurta à un obstacle ennuyeux. Je venais d'avaler ma première tasse de thé et j'allais partir pour la plage quand je reçus la visite de l'inspecteur Bardle, de la police du Sussex. C'était un homme calme, massif, bovin avec des yeux pensifs ; il me regarda d'un air très perplexe.

« Je connais, monsieur, votre immense expérience, me dit-il en préambule. Cette visite ne présente bien entendu aucun caractère officiel et personne n'a besoin de la connaître. Mais je n'ai pas de chance avec cette affaire McPherson ! La question est de savoir si je procède à l'arrestation, ou non.

— L'arrestation de M. Ian Murdoch ?

— Oui, monsieur. Il n'y a vraiment personne d'autre, tout bien réfléchi. Voilà l'avantage d'un endroit isolé. Nous resserrons, resserrons, jusqu'à ce que l'angle soit très petit. S'il ne l'a pas fait, alors qui ?

— Qu'avez-vous contre lui ? »

Il avait glané dans les mêmes sillons que moi. Il avait été frappé par le caractère de Murdoch et le mystère qui semblait planer autour de cet homme. Par ses violents accès de colère, comme en avait témoigné l'épisode du chien. Par le fait qu'il s'était disputé avec McPherson dans le passé, et que tout semblait indiquer qu'il avait eu des raisons de lui en vouloir à propos de Mlle Bellamy. Il possédait tous ces détails, comme moi, mais rien de plus, sinon que Murdoch paraissait se préparer à partir.

« Quelle serait ma position si je le laissais filer avec un pareil dossier contre lui ? me demanda fort ému le policier.

— Vous avez des trous considérables dans votre dossier contre Murdoch, lui dis-je. Le matin du crime il peut se prévaloir d'un alibi irréfutable : il était avec les étudiants jusqu'à la dernière minute, et c'est peu après l'apparition de McPherson qu'il est arrivé derrière nous. D'autre part, réfléchissez à l'impossibilité absolue où il se serait trouvé de blesser tout seul et mortellement un homme au moins aussi fort que lui. Enfin, il y a cette question de l'instrument qui a provoqué ces blessures.

— Un fouet flexible ou quelque chose comme ça ?

— Avez-vous examiné les marques ?

— Je les ai vues. Le médecin aussi.

— Mais moi je les ai examinées soigneusement avec une loupe. Elles présentaient des particularités.

— Lesquelles, monsieur Holmes ? »

Je le fis entrer dans mon bureau et je lui montrai une photographie agrandie.

« Dans des cas pareils, voilà comment je travaille ! dis-je.

— À coup sûr vous travaillez sérieusement, monsieur Holmes !

— Si je ne travaillais pas ainsi, je ne serais pas tout à fait ce que je suis. Maintenant considérons cette vergeture qui s'étend autour de l'épaule droite. N'observez-vous rien de spécial ?

— Je ne saurais dire que je vois quelque chose.

— Voyons, il est évident qu'elle est d'une intensité inégale. Il y a ici un point de sang qui s'est épanché, et un autre là. Sur une deuxième trace, celle-là, nous pouvons relever des indications similaires. Que signifient-elles ?

— Je n'en ai aucune idée. Et vous ?

— Peut-être que oui, peut-être que non. Je pourrai sans doute vous en dire davantage bientôt. Tout ce qui pourra révéler l'objet qui a fait cette marque nous mènera tout droit au criminel.

— J'ai une idée, absurde bien sûr ! murmura le policier. Mais si un réseau de barbelés rougis avait été posé sur son dos, alors ces points mieux marqués pourraient représenter les endroits où les fils s'entrecroisent.

— Votre comparaison est très ingénieuse. Ou encore pourrait-on penser à un chat à neuf queues très raides et munies de petits nœuds ?

— Ma foi, monsieur Holmes, je crois que vous avez mis le doigt dessus !

— À moins qu'il ne s'agisse d'une tout autre cause, monsieur Bardle. Mais votre dossier n'est pas encore assez complet pour que vous procédiez à une arrestation. En outre nous avons les derniers mots de la victime : "La crinière du lion."

— Je me suis demandé si Ian...

— Oui. J'y ai aussi réfléchi. Mais ce n'est pas "Ian" que j'ai entendu : c'est "lion" ; j'en suis sûr ; il l'a crié !

— Vous n'avez pas d'autre hypothèse, monsieur Holmes ?

— Peut-être. Mais je ne voudrais pas en discuter avant de disposer d'une base plus solide.

— Et quand l'aurez-vous ?

— D'ici une heure. Peut-être avant. »

L'inspecteur se gratta le menton et me regarda avec scepticisme.

« Je voudrais bien lire ce que vous avez dans la tête, monsieur Holmes ! Peut-être ces barques de pêche ?

— Non, elles étaient trop loin.

— Alors ce serait ce Bellamy et son gros garçon ? Ils n'étaient pas au mieux avec M. McPherson. Ne lui auraient-ils pas joué un méchant tour ?

— Non. Vous ne tirerez rien de moi avant que je sois prêt, dis-je en souriant. Maintenant, inspecteur, nous avons l'un et l'autre notre travail à faire. Si vous voulez, nous pourrions nous revoir ici à midi ? »

Nous allions nous séparer quand se produisit la formidable interruption qui marqua le commencement de la fin.

La porte de ma maison s'ouvrit tout grand ; des pas maladroits résonnèrent dans le couloir, et Ian Murdoch entra en titubant dans mon bureau, livide, échevelé, ses vêtements en désordre, agrippant les meubles au passage pour ne pas tomber.

« Du cognac ! » gémit-il avant de s'effondrer sur le canapé.

Il n'arrivait pas seul. Derrière lui j'aperçus Stackhurst, haletant, nu-tête, presque aussi hagard que son subordonné.

« Oui, du cognac ! s'écria-t-il. Cet homme en est à son dernier souffle. L'amener ici est tout ce que j'ai pu faire. Deux fois en chemin il s'est évanoui. »

La moitié d'un gobelet d'alcool opéra une étonnante transformation. Murdoch se redressa sur un bras et rejeta sa veste.

« Pour l'amour de Dieu ! cria-t-il. De l'huile, de l'opium, de la morphine ! N'importe quoi pour calmer cette douleur infernale ! »

L'inspecteur et moi poussâmes le même cri. Là, entrecroisé sur l'épaule nue de l'homme, se dessinait le même réseau de lignes rouges enflammées qui avait scellé le destin de Fitzroy McPherson.

La douleur était évidemment terrible, et elle débordait des plaies, car la respiration du blessé s'arrêtait par moments, son visage devenait noir, et il portait la main à son cœur tandis que son front ruisselait de sueur. À tout instant il pouvait mourir. Nous lui redonnâmes du cognac ; chaque nouvelle dose le ramenait à la vie. Des tampons d'ouate imbibée d'huile à salade semblèrent chasser la douleur de ces mystérieuses blessures. Enfin sa tête retomba lourdement sur les coussins. Épuisée, sa nature avait cherché refuge dans la suprême réserve de vitalité. C'était un demi-sommeil et un demi-évanouissement, mais au moins il était soulagé de ses souffrances.

L'interroger aurait été impossible ; dès que nous fûmes rassurés sur son état, Stackhurst se tourna vers moi.

« Mon Dieu ! s'exclama-t-il. Que veut dire cela, Holmes ?

— Où l'avez-vous trouvé ?

— En bas sur la plage. Exactement à l'endroit où le pauvre McPherson a trouvé la mort. Si le cœur de Murdoch avait été aussi affaibli que celui de McPherson, il ne serait pas ici à présent. Plus d'une fois, pendant que je le transportais, j'ai cru qu'il était mort. Les Pignons étaient trop loin. J'ai pensé à votre maison.

— L'avez-vous vu sur la plage ?

— Je me promenais le long de la falaise quand je l'ai entendu crier. Il était au bord de l'eau, il chancelait comme un homme ivre. J'ai couru en bas, jeté quelques vêtements sur lui et je vous l'ai conduit ici. Pour l'amour du Ciel, Holmes, utilisez tous vos talents, n'épargnez aucune peine pour que cette malédiction s'éloigne, car on ne peut plus vivre ! Ne pouvez-vous, avec toute votre réputation mondiale, rien faire pour nous ?

— Je crois que je le peux, Stackhurst. Venez avec moi ! Et vous, inspecteur, accompagnez-nous ! Nous allons voir si nous ne pouvons pas vous livrer ce criminel. »

Laissant Murdoch inconscient aux bons soins de ma femme de charge, nous descendîmes tous les trois vers la lagune de mort. Sur les galets s'élevait encore le petit tas de vêtements et de serviettes qui appartenaient à la deuxième victime. Lentement je fis le tour du bord de l'eau ; mes compagnons me suivaient en file indienne. L'eau était en général peu profonde, mais sous la falaise où la baie formait un creux elle avait néanmoins entre un mètre vingt et un mètre cinquante de profondeur. C'était de ce côté que se dirigeaient naturellement les amateurs de natation, car l'eau y était verte et transparente comme du cristal. Une ligne de rochers la surplombait le long de la base de la falaise ; je la suivis en scrutant les profondeurs. J'avais atteint l'endroit le plus profond quand mes yeux aperçurent ce que je cherchais, et je poussai un cri de triomphe.

« Une cyanée ! m'écriai-je. Une cyanée ! Regardez la crinière du lion ! »

L'objet étrange que je désignais ressemblait en effet à une boule de poils emmêlés qui auraient été arrachés à la crinière d'un lion. Il reposait sur un fond rocheux à un mètre sous l'eau. C'était une méduse qui oscillait, qui respirait ; une créature chevelue avec des fils d'argent parmi ses tresses jaunes. Elle vibrait d'une dilatation lente et lourde, suivie d'une contraction analogue.

« Elle a fait assez de mal ! Ses minutes sont comptées ! criai-je. Aidez-moi, Stackhurst ! Mettons pour toujours le criminel hors d'état de nuire ! »

Juste au-dessus du bord de l'eau il y avait un gros rocher ; nous le basculâmes dans la lagune. Quand les rides eurent disparu, nous constatâmes qu'il reposait sur le fond rocheux où j'avais vu la cyanée. Un bout de membrane jaune qui dépassait attestait que notre criminel se trouvait dessous. Une écume épaisse, huileuse, suinta de dessous le rocher et souilla l'eau en remontant lentement à la surface.

« Ça alors, ça me dépasse ! s'exclama l'inspecteur. Qu'était-ce, monsieur Holmes ? Je suis né et j'ai toujours vécu par ici, mais je n'ai jamais rien vu de tel. Ce n'est pas un produit du Sussex !

— Tant mieux pour le Sussex ! répondis-je. C'est probablement la tempête du sud-ouest qui l'a apportée. Rentrons chez moi, et je vous ferai connaître la terrible expérience d'un homme qui a une bonne raison de se rappeler sa première rencontre avec ce même fléau des mers. »

*

Quand nous arrivâmes dans mon bureau, nous découvrîmes que Murdoch allait mieux : il s'était redressé sur son séant ; mais il était complètement étourdi, et de temps à autre secoué par une souffrance violente. En quelques mots il nous dit qu'il n'avait aucune idée de ce qui lui était advenu ; il avait simplement ressenti le contact de ces terribles crocs qui l'avaient transpercé, et il lui avait fallu toute son énergie pour remonter sur la plage.

« Voici un livre, intervins-je en prenant le petit volume que j'avais déniché la veille au soir, qui m'a apporté les premières lueurs sur ce qui aurait pu demeurer à jamais ténèbres, *Out of Doors* a été écrit par le célèbre observateur J. G. Wood. Wood lui-même a failli périr au cours d'une rencontre avec cette abominable créature ; aussi en parle-t-il en connaissance de cause. *Cyanea capillata* est le vrai nom du criminel, qui peut s'avérer aussi dangereux pour la vie, et beaucoup plus douloureux, qu'un cobra. Je vais vous en lire rapidement un extrait.

« "Si le baigneur aperçoit une masse ronde et lâche de membranes tirant sur le roux, quelque chose qui ressemblerait à de grosses boules de poils arrachés à la crinière d'un lion et à du papier d'argent, qu'il prenne garde ! Car elle est dotée d'une terrible puissance de cinglement..."

« Wood raconte alors sa propre rencontre avec la *Cyanea capillata* alors qu'il nageait au large de la côte du Kent. Il s'aperçut que cette méduse développait des filaments presque invisibles jusqu'à une distance de dix-huit mètres, et que toute personne se trouvant à l'intérieur de cette circonférence se trouvait en danger de mort. Même à cette distance l'effet produit sur Wood manqua de peu de lui être fatal.

« "Les innombrables fils provoquèrent sur ma peau des lignes roses qui, au cours d'un examen sérieux, se révélèrent comme de minuscules pustules, chaque point semblant être affecté d'une aiguille qui aurait cheminé à travers les nerfs..."

« Wood explique que la douleur locale est la moins pénible de cette torture extraordinaire.

« "Les douleurs me traversaient la poitrine ; je tombais comme si j'avais eu le corps transpercé par des balles. Le pouls s'arrêtait, puis le cœur redonnait six ou sept battements, sautait comme s'il voulait s'expulser de ma poitrine."

« Cette méduse faillit tuer Wood, alors qu'il avait été attaqué dans un océan agité et non dans les eaux calmes et resserrées d'une piscine. Il ajoute qu'il eut du mal à se reconnaître ensuite, tant son visage était devenu blanc, ridé, ratatiné. Il avala une bouteille entière de cognac, qui semble lui avoir sauvé la vie. Je vous confie ce livre, inspecteur. Vous ne pourrez pas douter qu'il contienne une explication satisfaisante de la mort du pauvre McPherson.

— Et qu'il m'innocente ! ajouta Murdoch avec un pauvre sourire. Je ne vous blâme pas, inspecteur. Et je ne vous blâme pas non plus, monsieur Holmes, car vos soupçons étaient parfaitement normaux. Je sens qu'à la veille d'être arrêté, je ne me suis innocenté que parce que j'ai partagé le destin de mon pauvre ami.

— Non, monsieur Murdoch. J'étais déjà sur la piste, et si je m'étais trouvé sur la plage aussitôt que j'en avais eu l'intention, j'aurais pu vous épargner cette terrible aventure.

— Mais comment saviez-vous, monsieur Holmes ?

— Je suis, sur le plan lectures, un omnivore qui retient d'étranges détails avec une mémoire tenace. Ces mots de McPherson "une crinière de lion" m'obsédèrent. Je savais que je les avais lus quelque part dans un contexte peu banal. Vous avez vu que c'est la véritable description de cette méduse. Sans aucun doute elle flottait sur l'eau quand McPherson la vit, et ses dernières paroles constituèrent un suprême avertissement contre ce qui avait causé sa mort.

— Du moins me voilà réhabilité ! déclara Murdoch en se remettant lentement debout. Je voudrais néanmoins vous dire deux mots d'explication. Il est vrai que j'ai aimé cette jeune fille, mais du jour où elle a choisi mon ami McPherson je n'ai eu qu'un désir : aider à son bonheur. Je me suis contenté de vivre auprès d'eux et de leur servir de confident.

J'ai souvent été le facteur de leurs messages. Je l'ai fait parce que je connaissais leur secret et qu'elle m'était si chère que je me suis hâté de lui apprendre la mort de son fiancé, de peur que quelqu'un ne me devance et ne la lui apprenne brusquement et brutalement. Elle n'a pas voulu vous parler de notre amitié, monsieur, car elle craignait que vous ne doutiez de ma sincérité et que j'en pusse souffrir... Avec votre autorisation je vais regagner les Pignons : mon lit sera le bienvenu. »

Stackhurst leva la main.

« Nos nerfs ont été soumis à un concert d'exaspération, lui dit-il. Pardonnez-moi le passé, Murdoch. Nous nous comprendrons mieux dans l'avenir. »

Ils sortirent bras dessus bras dessous, amis pour toujours. Je restai seul avec l'inspecteur qui me contemplait en silence avec ses yeux bovins.

« Eh bien, vous l'avez eu ! s'exclama-t-il enfin. J'avais lu beaucoup de choses sur vous. Mais je ne les avais jamais crues. C'est merveilleux ! »

Je fus contraint de hocher la tête. Accepter sans sourciller un pareil compliment aurait été s'abaisser.

« J'ai été lent au début. Je me le reproche grandement. Si le corps avait été découvert dans l'eau, j'y aurais songé probablement tout de suite. C'est la serviette qui m'a trompé. Le pauvre diable n'avait évidemment aucune envie de se sécher. Mais moi, en retour, j'ai été amené à croire qu'il n'avait jamais plongé dans l'eau. Alors dans ces conditions pourquoi l'idée d'une attaque délibérée par un monstre marin me serait-elle venue à l'esprit ? Si bien que j'ai progressé de travers. Eh bien, inspecteur, il m'est souvent arrivé de vous blaguer, vous seigneurs de la police ! Mais la *Cyanea capillata* a presque vengé Scotland Yard. »

L'AVENTURE DE SHOSCOMBE OLD PLACE

Pendant un long moment Sherlock Holmes demeura penché au-dessus d'un microscope à faible grossissement. Puis il se redressa et me décocha un regard de triomphe.

« C'est de la colle, Watson ! Incontestablement de la colle. Jetez un coup d'œil sur ces objets éparpillés dans le champ ! »

J'approchai mon visage de l'oculaire et le réglai sur ma vue.

« Ces poils sont des fils d'un veston de tweed. Les masses grises irrégulières sont de la poussière. Il y a des écailles épithéliales sur la gauche. Ces taches brunes au centre sont indubitablement de la colle.

— Je veux bien, dis-je en riant. Je suis disposé à vous croire sur parole. Quelque chose en dépend-il ?

— C'est une très belle démonstration ! me répondit-il. Dans l'affaire de St. Pancras vous vous rappelez sans doute qu'une casquette a été trouvée à côté du cadavre du policeman. L'accusé a nié qu'elle lui appartenait. Or, il est encadreur et il manipule régulièrement de la colle.

— C'est l'une de vos affaires ?

— Non. Mon ami Merivale, de Scotland Yard,

m'avait demandé conseil. Depuis que j'ai coincé mon faux monnayeur par la limaille de zinc et de cuivre qui se trouvait dans la couture de sa manchette, on commence à mesurer l'importance du microscope... »

Il regarda sa montre avec impatience.

« ... Un nouveau client devait venir, mais il est en retard. À propos, Watson, êtes-vous compétent en courses de chevaux ?

— Je devrais l'être. La moitié de ma pension d'invalidité y est passée.

— Alors vous serez mon "Guide pratique du turf". Qui est Sir Robert Norberton ? Le nom vous dit-il quelque chose ?

— Oui. Il habite à Shoscombe Old Place, que je connais bien car j'y ai pris mes quartiers d'été. Une fois Norberton a failli mériter votre attention.

— Comment cela ?

— Le jour où il a infligé une terrible correction à coups de cravache à Sam Brewer, le fameux usurier de Curzon Street. Il l'a presque tué.

— Tiens, il paraît intéressant ! Se laisse-t-il aller souvent à la violence ?

— Il a en tout cas la réputation d'un homme dangereux. C'est le cavalier le plus casse-cou de toute l'Angleterre : deuxième au Grand National il y a quelques années. Il a raté son époque : il aurait fait un parfait dandy au temps de la Régence ! C'est un boxeur, un athlète, un joueur effréné, un Don Juan ; d'après les on-dit, il se trouverait dans une situation financière si embarrassée qu'il pourrait ne jamais remonter la pente.

— Excellent, Watson ! Un croquis parfait ! Il me semble que je le connais déjà. Maintenant pouvez-vous me donner une idée de Shoscombe Old Place ?

— Uniquement ceci : Shoscombe Old Place est situé au centre de Shoscombe Park ; et la célèbre écurie et le centre d'entraînement de Shoscombe se trouvent dans la propriété.

— Et le chef entraîneur, ajouta Holmes, s'appelle John Mason. Ne soyez pas surpris de ma science, Watson : c'est une lettre de lui que je manie en ce moment. Mais donnez-moi davantage de détails sur Shoscombe. J'ai l'impression que j'ai mis au jour un filon.

— Il y a les épagneuls de Shoscombe, dis-je. Vous en entendez parler à chaque exposition canine. La race la plus pure d'Angleterre. Ils sont l'orgueil de la châtelaine de Shoscombe Old Place.

— La femme de Sir Robert Norberton, je suppose ?

— Sir Robert ne s'est jamais marié. C'est aussi bien, si je songe aux perspectives. Il vit chez sa sœur, une veuve, Lady Beatrice Falder.

— Vous voulez dire que c'est elle qui vit chez lui ?

— Non. Le propriétaire était son défunt mari, Sir James. Norberton n'a aucun titre à faire valoir sur le domaine. C'est seulement un usufruit, et le domaine fera retour au frère de Sir James. En attendant elle collecte les fermages chaque année.

— Et son frère Robert, sans doute, dilapide l'argent desdits fermages ?

— À peu près. C'est un diable d'homme qui ne doit pas procurer à sa sœur une existence paisible. Je crois pourtant qu'elle lui est attachée. Mais qu'est-ce qui ne va pas à Shoscombe ?

— Ah ! voilà justement ce que j'ai besoin de savoir ! Mais j'entends le pas, j'espère, de celui qui nous le dira. »

La porte s'ouvrit et le groom introduisit un homme de grande taille, rasé, qui affichait sur sa physionomie cette expression de fermeté et d'austérité que l'on ne trouve que chez les éducateurs d'enfants ou de chevaux. M. John Mason gouvernait un bon nombre d'enfants et de chevaux et il me parut égal à sa tâche. Il s'inclina avec une froide dignité avant de s'asseoir sur la chaise que Holmes lui avait avancée.

« Vous avez reçu mon mot, monsieur Holmes ?

— Oui, mais il ne m'a rien expliqué.

— Il s'agissait d'une chose trop délicate pour être confiée à du papier. Trop compliquée aussi. Je ne pouvais vous l'exposer que face à face.

— Eh bien, nous sommes à votre disposition.

— Premièrement, monsieur Holmes, je crois que mon maître, Sir Robert, est devenu fou. »

Holmes haussa le sourcil.

« Nous sommes à Baker Street et non dans Harley Street, fit-il. Mais pourquoi croyez-vous qu'il est devenu fou ?

— Ma foi, monsieur, quand quelqu'un fait quelque chose de bizarre une fois, deux fois, cela peut s'expliquer ; mais quand il ne fait que des choses bizarres, alors vous commencez à vous étonner. Je crois que Shoscombe Prince et le Derby lui ont fait perdre la tête.

— Il s'agit d'un poulain que vous entraînez ?

— Le meilleur espoir anglais, monsieur Holmes ! Et je prétends m'y connaître. Je serai franc avec vous, messieurs, car je sais que vous êtes deux hommes d'honneur et que mes propos ne sortiront point de cette pièce. Sir Robert veut absolument gagner le Derby. Il est pris à la gorge : c'est sa dernière chance. Tout l'argent qu'il peut se procurer ou emprunter, il le met sur le cheval, et à une belle cote ! Aujourd'hui vous pouvez l'avoir encore dans les quarante contre un, mais quand il a commencé à parier, c'était du cent contre un.

— Comment cela, puisque le cheval est si bon ?

— Le public ne sait pas que le cheval est bon. Sir Robert a été plus malin que les espions. Il promène le demi-frère de Prince ; c'est celui-là qu'il montre. Vous ne pourriez pas les distinguer l'un de l'autre. Mais entre eux il y a une différence de deux longueurs par deux cents mètres de galop. Il ne pense plus à rien qu'au cheval et à la course. Il joue toute sa vie dessus. Jusqu'ici il a maintenu les juifs à distance. Mais si Prince est battu, il est fini.

— C'est un jeu désespéré ; pourtant, où intervient la folie ?

— Ah ! d'abord, il faudrait que vous le voyiez ! Je crois qu'il ne dort pas de la nuit. Il descend à toute heure aux écuries. Il a des yeux de sauvage. Ses nerfs ne tiennent pas le coup. Et puis il y a sa conduite à l'égard de Lady Beatrice.

— Ah ? Quelle sorte de conduite ?

— Ils ont toujours été les meilleurs amis du monde. Ils avaient les mêmes goûts, et elle aimait les chevaux autant que lui. Tous les jours à la même heure elle descendait en calèche pour les voir ; surtout elle avait un faible pour Prince. Le poulain dressait l'oreille quand il entendait les roues sur le gravier, et chaque matin il trottait jusqu'à la voiture pour avoir son morceau de sucre. Mais tout cela est terminé, maintenant.

— Pourquoi ?

— Eh bien, elle semble avoir perdu tout intérêt pour les chevaux. Voilà bien une semaine qu'elle passe près des écuries sans jamais plus qu'un bonjour.

— Ils se seraient disputés ?

— Si oui, une dispute terrible, féroce, avec beaucoup de rancœur à la clef. Autrement pourquoi se serait-il débarrassé de l'épagneul qu'elle aimait comme s'il avait été son enfant ? Il y a quelques jours il l'a donné au vieux Barnes, qui tient l'auberge du Dragon Vert, à cinq kilomètres de Shoscombe, à Crendall !

— Voilà qui semble bizarre, assurément !

— Étant donné qu'elle a le cœur malade et qu'elle est hydropique, il était bien normal qu'elle ne se promenât point avec lui, mais chaque soir il passait deux heures dans sa chambre. Il pouvait être gentil car elle a été pour lui un véritable chic copain ! Fini, tout cela. Il ne va plus jamais la voir. Et elle en a gros sur le cœur. Elle est maussade, elle boude, et elle boit. Elle boit, monsieur Holmes... comme un poisson !

— Buvait-elle avant cette brouille ?

— Oh ! elle prenait volontiers un verre ! Mais à présent c'est une bouteille par soirée qu'il lui faut. C'est ce que Stephens, le maître d'hôtel, m'a affirmé. Tout est changé, monsieur Holmes, et il y a quelque chose de sacrément pourri à la base de ce changement. Et puis, tenez, voulez-vous me dire pourquoi le maître descend chaque soir dans la vieille crypte de l'église ? Et quel est l'homme qu'il y rencontre ? »

Holmes se frotta les mains.

« Poursuivez, monsieur Mason. Vous me passionnez de plus en plus.

— C'est le maître d'hôtel qui l'a vu s'y rendre. À minuit et sous une pluie battante. Le lendemain je ne me suis pas couché : bien sûr, le maître est reparti là-bas. Stephens et moi nous l'avons suivi, mais c'était risqué car s'il nous avait vus, ça aurait bardé ! Il a des poings terribles quand il s'emballe, et il n'épargne personne. Alors nous avions peur de le serrer de trop près, mais nous l'avons quand même pisté. C'était à la crypte hantée qu'il se rendait ; et un homme l'attendait là.

— Une crypte hantée ?

— Oui, monsieur. Une vieille chapelle désaffectée dans le parc. Si ancienne que personne ne peut en dire la date. Dessous, il y a une crypte qui a mauvaise réputation dans le pays. De jour l'endroit est obscur, humide, isolé; mais on trouverait peu de volontaires pour y aller la nuit. Oh! le maître ne craint rien, lui! Il n'a jamais eu peur, de toute sa vie. Mais qu'y fait-il à cette heure de la nuit?

— Attention! fit Holmes. Vous dites qu'il y avait un autre homme. Certainement l'un de vos valets d'écurie ou quelqu'un de la maison! Vous n'avez qu'à l'identifier et l'interroger.

— Je ne le connais pas.

— Comment le savez-vous?

— Parce que je l'ai vu, monsieur Holmes. C'était la deuxième nuit. Sir Robert a fait demi-tour et a passé près du buisson où Stephens et moi nous frissonnions comme deux Jeannot Lapin car il y avait un peu de lune. Nous avons entendu l'autre qui marchait derrière. Quand Sir Robert a pris du champ, nous sommes sortis de notre buisson comme si nous avions eu envie de faire un tour au clair de lune, et nous sommes tombés droit sur lui, fortuitement, vous comprenez? Je l'ai interpellé: "Hé là! Qui êtes-vous donc?" lui ai-je demandé. Je crois qu'il ne nous avait pas entendus; il nous a regardés par-dessus son épaule avec une figure comme s'il avait vu le diable sortant de l'enfer. Il a poussé un petit cri, et il a détalé aussi vite qu'il le pouvait dans l'obscurité. À la course il est imbattable! Ça, je le lui accorde. Une minute plus tard il avait disparu. Qui il était, ce qu'il voulait, nous n'en savons rien.

— Mais vous l'avez bien vu au clair de lune?

— Oui. Je pourrais jurer qu'il est jaune comme un coing, avec une tête de chien maigre si j'ose dire. Que peut-il avoir de commun avec Sir Robert? »

Holmes demeura méditatif.

« Qui tient compagnie à Lady Beatrice? demanda-t-il enfin.

— Sa femme de chambre, Carrie Evans. Elle est depuis cinq ans à son service.

— Et elle lui est dévouée ? »

M. Mason parut embarrassé et mal à l'aise.

« Elle est assez dévouée, fit-il. Mais je ne préciserai pas à qui.

— Ah !

— Je ne veux pas raconter les cancans du pays.

— Je comprends tout à fait, monsieur Mason. La situation est claire. D'après le portrait que le docteur Watson m'avait brossé de Sir Robert, j'avais déduit qu'aucune femme n'était en sécurité auprès de lui. Ne pensez-vous pas que la brouille entre le frère et la sœur trouverait là son explication ?

— Il y a longtemps que le scandale est public !

— Peut-être l'ignorait-elle. Supposons qu'elle l'ait subitement découvert. Elle cherche à se débarrasser de la fille. Son frère ne le lui permet pas. Infirme, elle ne dispose d'aucun moyen pour exiger l'exécution de sa volonté. La femme de chambre détestée demeure à son service. Lady Beatrice refuse de parler, boude, boit. Dans sa mauvaise humeur Sir Robert lui retire son épagneul favori. Est-ce que tout cela n'est pas cohérent ?

— Oui, sans doute... Jusque-là.

— Voilà ! Jusque-là. Mais comment expliquer alors les visites nocturnes à la crypte ? Nous ne pouvons pas les faire cadrer dans ce schéma.

— Non, monsieur. Et il y a encore autre chose qui ne cadre pas. Pourquoi Sir Robert veut-il déterrer un cadavre ? »

Holmes se dressa comme mû par un ressort.

« Nous ne nous en sommes aperçu qu'hier, après que je vous ai eu écrit. Hier Sir Robert devait se rendre à Londres ; aussi Stephens et moi sommes-nous allés à la crypte. Nous y sommes descendus.

Tout était normal, monsieur, sauf que dans un coin il y avait un débris de corps humain.

— Vous avez alerté la police, je suppose ? »

Notre visiteur sourit.

« Ma foi, monsieur, je pense que notre découverte n'aurait guère intéressé les policiers. Il s'agissait de la tête et de quelques ossements d'une momie qui pouvait être vieille de mille ans. Mais ces débris n'étaient pas là auparavant. Cela je le jure, et Stephens aussi ! Ils étaient rangés dans un angle et recouverts d'une planche ; auparavant cet angle avait toujours été dégarni.

— Qu'en avez-vous fait ?

— Nous les avons laissés là.

— Vous avez bien fait. Vous m'avez dit que Sir Robert était absent hier. Est-il rentré ?

— Nous attendons son retour pour aujourd'hui.

— Quand Sir Robert s'est-il dessaisi du chien de sa sœur ?

— Cela fait juste une semaine aujourd'hui. L'épagneul aboyait, hurlait même près du vieux kiosque. Sir Robert était ce matin-là dans l'une de ses crises de mauvaise humeur. Il l'attrapa et je crus qu'il allait le tuer. Mais il le donna à Sandy Bain le jockey, en lui disant d'aller le porter au vieux Barnes du Dragon Vert parce qu'il ne voulait plus jamais le revoir. »

Holmes alluma la plus vieille et la plus culottée de ses pipes.

« Je ne me rends pas très bien compte de ce que vous désirez que je fasse dans cette affaire, monsieur Mason. Ne pouvez-vous pas me le préciser un tant soit peu ?

— Voici qui vous le précisera peut-être », répondit le visiteur.

Il tira de sa poche un journal qu'il déplia soigneusement et il tendit à Holmes un fragment d'os carbonisé.

Mon ami l'examina avec intérêt.

« Où l'avez-vous trouvé ?

— Dans la cave, sous la chambre de Lady Beatrice, il y a la chaudière du chauffage central. Depuis quelque temps on l'avait éteinte, mais Sir Robert s'est plaint du froid et on l'a rallumée. C'est Harvey, l'un de mes garçons, qui s'en occupe. Ce matin il est venu m'apporter cet os : il l'avait trouvé en ratissant les cendres. Ça ne lui avait pas plu.

— À moi non plus, dit Holmes. Qu'en pensez-vous, Watson ? »

Il était calciné, réduit à une forme de cendre noire ; mais sa signification anatomique était hors de doute.

« C'est le condyle supérieur d'un fémur humain, affirmai-je.

— Exactement ! »

Holmes était devenu très grave.

« Quand ce garçon s'occupe-t-il de la chaudière ?

— Il la remplit chaque soir ; c'est tout.

— Par conséquent n'importe qui peut s'y rendre pendant la nuit ?

— Oui, monsieur.

— Peut-on y entrer par l'extérieur ?

— Il y a une porte à l'extérieur. Une autre porte ouvre sur un escalier qui aboutit au couloir où se trouve la chambre de Lady Beatrice.

— Nous sommes dans des eaux profondes, monsieur Mason. Profondes et sales. Vous dites que Sir Robert n'était pas chez lui la nuit dernière ?

— Il n'y était pas, monsieur.

— Donc ce n'est sûrement pas lui qui a brûlé des os !

— C'est vrai, monsieur.

— Comment s'appelle l'auberge dont vous nous avez parlé ?

— Le Dragon Vert.

— Est-ce que la pêche est fructueuse dans cette région du Berkshire ? »

Le brave entraîneur nous fit comprendre par le jeu de sa physionomie qu'il était convaincu qu'un nouveau maboul venait d'entrer dans son existence pénible.

« Ma foi, monsieur, j'ai entendu dire qu'il y a de la truite dans la rivière du moulin et du brochet dans le lac du château.

— Cela nous suffira. Watson et moi nous sommes de fameux pêcheurs... N'est-ce pas, Watson ? Vous pourrez nous joindre au Dragon Vert. Nous y arriverons ce soir. Inutile de vous préciser, monsieur Mason, que nous ne voulons pas vous voir, mais vous pourrez toujours nous faire porter un mot, et si j'ai besoin de vous je saurai bien vous trouver. Quand nous aurons un peu approfondi l'affaire, je vous ferai part d'une opinion motivée. »

*

Voilà pourquoi, par un soir lumineux de mai, Holmes et moi nous nous trouvâmes installés dans un compartiment de première classe et munis d'un billet pour l'arrêt facultatif de Shoscombe. Le filet à bagages au-dessus de nos têtes était rempli d'un formidable assortiment de cannes, de moulinets et de paniers. Parvenus à destination, nous louâmes une voiture qui nous déposa rapidement devant une auberge à l'ancien style dont le sportif propriétaire Josiah Barnes entra avidement dans nos vues pour la mise à mort de tous les poissons des environs.

« Que pensez-vous du lac du château et des brochets qui sont dedans ? » interrogea Holmes.

Le visage de l'aubergiste s'assombrit.

« N'y comptez pas, monsieur. Vous pourriez vous retrouver dans le lac avant d'en avoir attrapé un.

— Et pourquoi ?

— À cause de Sir Robert, monsieur. Il a la haine des espions. Si vous, deux étrangers au pays, vous approchiez des écuries, il s'occuperait de vous : aussi sûr que le destin ! Il n'aime pas courir de risques inutiles, Sir Robert ! Oh ! non !

— On m'a dit qu'il avait un cheval engagé dans le Derby.

— Oui, et aussi un bon poulain. Nous avons misé sur lui tout notre argent, comme Sir Robert. À propos… »

Il nous dévisagea en réfléchissant.

« … Je suppose que vous n'êtes pas vous-mêmes des gens du turf ?

— Non vraiment ! Nous ne sommes que deux Londoniens fatigués qui avons terriblement besoin d'un peu d'air pur du Berkshire.

— Alors vous l'avez trouvé, le bon endroit. Mais attention à ce que je vous ai dit sur Sir Robert ! Il est de ce genre d'hommes qui cognent d'abord et qui s'expliquent après. Ne vous approchez pas du parc.

— Bien sûr, monsieur Barnes ! Dites, à qui était ce bien bel épagneul qui geignait dans l'entrée tout à l'heure ?

— Vous pouvez le dire, qu'il est beau, mon chien ! De la pure race de Shoscombe. Il n'y en a pas un de plus beau en Angleterre.

— Je suis comme vous : j'aime beaucoup les chiens, dit Holmes. Si je ne suis pas indiscret, combien peut valoir une bête pareille ?

— Plus que je ne pourrais la payer, monsieur.

C'est Sir Robert en personne qui m'en a fait cadeau. Voilà pourquoi je le tiens en laisse. Si je ne l'attachais pas, il serait de retour au Hall en cinq sec ! »

Quand l'aubergiste nous eut quittés, Holmes me dit :

« Nous avons quelques cartes dans notre main, Watson. Le coup n'est pas facile à jouer, mais dans un ou deux jours nous aurons peut-être découvert l'astuce idoine. Je crois que Sir Robert est encore à Londres ? Nous pourrions peut-être pénétrer ce soir dans ce domaine sacré sans risquer la bagarre. Il y a quelques détails dont j'aimerais avoir personnellement confirmation.

— Vous avez une théorie, Holmes ?

— Celle-ci seulement, Watson : quelque chose s'est produit il y a huit jours environ, qui a transformé la vie de Shoscombe Old Place. Qu'est ce quelque chose ? Nous ne pouvons l'imaginer que par ses conséquences, qui me semblent bizarrement mêlées. Mais ce mélange même devrait nous aider : c'est uniquement le dossier terne, incolore, vide qui est désespérant... Reconsidérons nos éléments. Le frère ne rend plus visite à sa bien-aimée sœur infirme. Il se débarrasse de son chien favori. Le chien de sa sœur, Watson ! Ce détail ne vous suggère rien ?

— Rien d'autre que la rancune du frère.

— Peut-être. Ou bien... Oui, je vois une autre hypothèse. Reprenons notre examen de la situation depuis le moment où a commencé cette dispute, si dispute il y a. Lady Beatrice garde la chambre, modifie ses habitudes, est invisible sauf lorsqu'elle sort en voiture avec sa femme de chambre, refuse de s'arrêter aux écuries pour caresser son cheval préféré et apparemment se met à boire. Le dossier est complet, je crois ?

— Il manque l'affaire de la crypte.

— Là, c'est un autre raisonnement. Il y a deux raisonnements, et je vous serais reconnaissant de ne pas les confondre. Le raisonnement A, celui qui concerne Lady Beatrice, fleure plutôt sinistrement, vous ne trouvez pas ?

— Je ne sais quoi penser.

— Alors, prenons maintenant le raisonnement B, celui qui concerne Sir Robert. Il est enragé pour gagner le Derby. Il est aux mains des juifs ; à tout moment le domaine peut être vendu, et ses écuries saisies par ses créanciers. C'est un audacieux, prêt à tout. Il tire ses revenus de sa sœur. La femme de chambre de cette sœur est son instrument docile. Jusqu'ici nous sommes sur un terrain solide, non ?

— Mais la crypte ?

— Ah ! oui, la crypte ! Supposons, Watson... C'est une supposition scandaleuse, une hypothèse que j'avance pour le plaisir d'argumenter... Supposons que Sir Robert ait fait disparaître sa sœur...

— Mon cher Holmes, c'est hors de question !

— Vraisemblablement, Watson. Sir Robert appartient à une famille honorable. Mais chez les aigles vous trouvez parfois un charognard. Admettons un moment que cette hypothèse soit exacte. Il ne peut pas quitter le pays avant d'avoir refait fortune, et il ne peut refaire cette fortune qu'en gagnant le Derby avec Prince. Donc il lui faut encore tenir bon sans bouger. Pour cela il doit se défaire du corps de sa victime et lui trouver une remplaçante qui se fasse passer pour elle. Avec la femme de chambre dans le secret, ce n'est pas impossible. Le corps de Lady Beatrice peut être porté dans la crypte, endroit peu fréquenté, et clandestinement brûlé la nuit dans la chaudière en laissant des vestiges dans le genre de celui que nous avons vu. Que dites-vous de cela, Watson ?

— À partir du moment où vous prenez au

sérieux une hypothèse aussi monstrueuse, tout est possible !

— Je pense à une petite expérience que nous pourrions tenter demain, Watson. En attendant nous avons à nous conformer à nos personnages ; je vous propose donc d'offrir à notre hôte un verre de son vin, et de lui tenir des propos élevés sur les anguilles et les vandoises, conversation qui lui ira droit au cœur. On ne sait jamais : en bavardant nous apprendrons peut-être quelque chose d'utile. »

*

Le matin, Holmes s'aperçut que nous étions partis sans nos hameçons spéciaux pour brochetons, ce qui nous dispensa de pêcher pour la journée. Vers onze heures nous sortîmes pour faire un tour, et il obtint l'autorisation d'emmener l'épagneul noir.

« Voici l'endroit, me dit-il, quand nous arrivâmes devant une double grille surmontée de griffons héraldiques. Vers midi, m'a dit M. Barnes, la vieille dame se promène en voiture, laquelle ralentit pour l'ouverture de la grille. Quand elle arrivera, et avant qu'elle reprenne de la vitesse, je vous demande, Watson, d'arrêter le cocher en lui posant la première question venue. Ne vous occupez pas de moi. Je me posterai derrière ce buisson de houx, et je verrai ce que je pourrai voir. »

Nous n'eûmes pas longtemps à attendre. Un quart d'heure plus tard nous aperçûmes la grosse calèche jaune décapotée qui descendait l'avenue, attelée de deux magnifiques chevaux gris. Holmes s'accroupit derrière son houx avec le chien. Je demeurai négligemment sur la route. Un concierge sortit en courant pour ouvrir la porte.

La voiture avait ralenti, les chevaux marchaient

au pas, j'eus donc le temps de bien regarder les occupantes. Une jeune femme plantureuse, qui avait des cheveux filasse et des yeux impudents, était assise sur la gauche. À sa droite se tenait une vieille personne voûtée et emmitouflée de châles qui lui couvraient le visage et les épaules ; c'était certainement l'infirme. Quand les chevaux atteignirent la grand-route, je levai un bras avec autorité ; le cocher s'arrêta ; je lui demandai si Sir Robert était à Shoscombe Old Place.

Au même instant Holmes sortit de sa cachette et lâcha l'épagneul qui avec un jappement joyeux s'élança vers la voiture et grimpa sur le marchepied. En moins d'une seconde sa joyeuse frénésie se transforma en une colère furieuse et il chercha à mordre la robe noire.

« En route ! En route ! » ordonna une voix dure.

Le cocher fouetta ses chevaux ; nous demeurâmes seuls sur la route.

« Eh bien, Watson, ça a marché ! s'écria Holmes en rattachant le chien. Il a cru que c'était sa maîtresse ; il a découvert que c'était quelqu'un d'autre. Les chiens ne se trompent pas.

— Mais c'était la voix d'un homme ! m'exclamai-je.

— En effet ! Nous avons un atout de plus dans notre main, Watson, mais il nous faut jouer serré malgré tout. »

Mon compagnon ne sembla pas avoir d'autres plans pour la journée ; aussi emportâmes-nous notre attirail de pêche près de la rivière du moulin ; et le soir nous eûmes un plat de truites pour le dîner. Ce n'est qu'après le repas que Holmes manifesta l'intention de prendre un peu d'exercice. Nous partîmes sur la route que nous avions suivie le matin, et nous arrivâmes à la grille du parc. Une haute silhouette sombre nous attendait: je reconnus notre nouveau client M. John Mason, l'entraîneur.

« Bonsoir, messieurs ! nous dit-il. J'ai reçu votre billet, monsieur Holmes. Sir Robert n'est pas encore rentré, mais nous l'attendons pour ce soir.

— À quelle distance du château se trouve la crypte ? demanda Holmes.

— Quatre cents mètres au moins.

— Alors je pense que nous n'avons pas à nous préoccuper de lui ? Allons-y ensemble.

— Je ne peux pas me permettre d'y rester avec vous, monsieur Holmes. Dès qu'il arrivera, il voudra me voir pour avoir des nouvelles de Prince.

— Je comprends ! Dans ce cas nous opérerons sans vous, monsieur Mason. Montrez-nous la crypte, et laissez-nous ensuite. »

Il faisait noir comme de l'encre. Pas de lune. Mason nous conduisit à travers les prairies jusqu'à ce qu'apparût en face de nous une masse confuse : c'était l'ancienne chapelle. Nous pénétrâmes par un trou béant qui avait été autrefois le porche, et notre guide, trébuchant sur des pierres, nous précéda jusqu'à un angle de l'édifice : là, un escalier raide descendait dans la crypte. Il frotta une allumette, et l'endroit s'éclaira de mélancolie : les murs croulants étaient faits de pierres grossièrement équarries ; des cercueils en plomb et en pierre étaient rangés sur un côté, empilés jusqu'à la voûte à arêtes du toit qui se perdait dans l'ombre au-dessus de nos têtes. Holmes avait allumé sa lanterne ; elle projeta un rayon jaune sur ce spectacle de désolation. Le rayon se réfléchissait sur les plaques des cercueils, la plupart d'entre elles ornées du griffon et de la couronne de cette vieille famille qui arborait ses titres jusqu'aux portes de la Mort.

« Vous nous avez parlé d'ossements, monsieur

Mason. Pourriez-vous me les montrer avant que vous partiez ?

— Ils sont ici dans ce coin... »

L'entraîneur avança, puis demeura pétrifié quand notre lanterne éclaira l'endroit indiqué.

« ... Ils n'y sont plus ! fit-il.

— Je m'y attendais, dit Holmes dans un petit rire. J'imagine qu'on pourrait retrouver leurs cendres dans la chaudière qui en a déjà consumé une partie.

— Mais pourquoi diable quelqu'un s'amuse-t-il à brûler les os d'un cadavre de mille ans ? demanda John Mason.

— Voilà pourquoi nous sommes ici, répondit Holmes. Pour répondre à cette question. Comme nos recherches peuvent être longues, nous ne vous retiendrons pas. Je crois néanmoins que nous aurons trouvé la solution avant le matin. »

Une fois John Mason parti, Holmes, se mit au travail. D'abord il examina très attentivement les tombeaux les uns après les autres, en commençant par un très ancien cercueil, saxon sans doute, et en remontant par une longue lignée normande de Hugo et d'Odo, jusqu'à ce que nous arrivions à ceux, très XVIIIe siècle, de Sir William et de Sir Denis Falder. Au bout d'une heure Holmes parvint à un cercueil en plomb qui se trouvait devant l'entrée de la voûte. J'entendis son petit cri de satisfaction et je vis à ses gestes hâtifs mais précis qu'il était arrivé au but. Avec sa loupe il examina soigneusement les bords du lourd couvercle. Puis il tira de sa poche une sorte de petite pince-monseigneur qu'il glissa dans un interstice, et il entreprit de soulever tout le devant qui semblait n'être attaché que par deux crampons. Le couvercle céda dans un bruit d'arrachement, de déchirure ; mais à peine s'était-il relevé en révélant une partie de l'intérieur du cercueil qu'une interruption imprévue se produisit.

Quelqu'un marchait dans la chapelle au-dessus. Le pas était rapide, ferme : le pas de quelqu'un qui venait dans un but déterminé et qui connaissait bien les aîtres. Un filet de lumière descendit l'escalier, précéda la forte stature d'un homme qui se tint debout dans l'arcade d'entrée. Il était imposant par la taille, farouche dans son attitude. La grosse lanterne d'écurie qu'il tenait devant lui éclaira un visage dur, moustachu, des yeux méchants qui inspectèrent tous les recoins de la crypte avant de se poser sur nous avec stupéfaction.

« Qui diable êtes-vous ? tonna-t-il. Et que faites-vous chez moi ?... »

Comme Holmes gardait le silence, il avança de deux marches et brandit la lourde canne qu'il portait.

« ... M'entendez-vous ? cria-t-il. Qui êtes-vous ? Que faites-vous ici ? »

Son gourdin dessina des moulinets.

Mais au lieu de reculer, Holmes se porta au-devant de lui.

« J'ai aussi une question à vous poser, Sir Robert ! dit-il de sa voix la plus assurée. Qui est-ce ? Et que fait-elle ici ? »

Il se retourna et leva complètement le couvercle du cercueil qui était derrière lui. À la lueur de la lanterne j'aperçus un cadavre enveloppé dans un drap de la tête aux pieds. Un affreux visage de sorcière, tout en nez et en menton, apparut à une extrémité avec des yeux ternis et vitreux.

Le baronet avait reculé en titubant ; il poussa un cri et s'appuya contre un sarcophage de pierre.

« Comment avez-vous pu être au courant ?... » cria-t-il.

Et puis, sa truculence reprit le dessus.

« ... Est-ce votre affaire ?

— Je m'appelle Sherlock Holmes, déclara mon compagnon. C'est un nom que vous connaissez peut-être. En tout cas mon affaire, comme celle de tout bon citoyen, est de faire observer la loi. Il me semble que vous avez grandement à répondre devant elle. »

Sir Robert lança un regard furieux à Holmes, mais celui-ci avait parlé d'une voix calme, et son assurance fit son effet.

« Devant Dieu, monsieur Holmes, je n'ai rien fait ! dit-il. Les apparences sont contre moi, je l'admets, mais je ne pouvais pas agir autrement.

— Je serais heureux de partager votre opinion, mais je crains que vos explications ne puissent s'adresser qu'à la police. »

Sir Robert haussa ses larges épaules.

« Eh bien, s'il le faut, ce sera à la police ! Venez néanmoins chez moi : vous jugerez de l'affaire par vous-même. »

*

Un quart d'heure plus tard nous nous trouvâmes réunis dans la salle d'armes du vieux château. Elle était confortablement meublée ; Sir Robert nous y laissa quelques instants. Quand il revint, il était accompagné de deux personnes : l'une était la florissante jeune femme que nous avions vue dans la calèche ; l'autre, un petit homme à face de rat qui avait des manières désagréablement furtives. Tous deux avaient l'air très étonnés : visiblement le baronet n'avait pas eu le temps de leur expliquer la nouvelle tournure des événements.

« Voici, nous désigna Sir Robert, M. et Mme Norlett. Mme Norlett, sous son nom de jeune fille Evans, a été pendant quelques années la femme de chambre de confiance de ma sœur. Je les ai fait venir ici parce que je comprends que ma seule chance est de vous expliquer la vérité, et parce que ce sont les deux seules personnes au monde qui peuvent confirmer ce que je vais vous dire.

— Est-ce nécessaire, Sir Robert ? Avez-vous pensé à ce que vous faisiez ? s'écria la femme.

— Quant à moi, je dénie toute responsabilité ! » fit son mari.

Sir Robert lui lança un regard de mépris.

« Je revendique toute la responsabilité ! dit-il. Maintenant, monsieur Holmes, écoutez ma déclaration ; elle sera d'une franchise totale.

« Vous êtes déjà assez bien au courant de mes affaires ; sinon je ne vous aurais pas trouvé là où je vous ai rencontré. Vous savez donc déjà, selon toute vraisemblance, que j'ai engagé dans le Derby un cheval que personne ne connaît, et que je mise sur son succès. Si je gagne, tout va bien. Si je perds... Eh bien, je n'ose pas y penser !

— Je comprends votre situation, dit Holmes.

— Je dépends complètement de ma sœur Beatrice. Mais elle n'a l'usufruit du domaine que pendant sa vie. En ce qui me concerne, je suis aux mains des juifs. J'ai déjà appris que le jour où ma sœur mourrait, mes créanciers se jetteraient sur mes biens comme une bande de vautours. Tout serait saisi ; mes écuries, mes chevaux, tout ! Eh bien, monsieur Holmes, ma sœur est morte il y a juste huit jours.

— Et vous ne l'avez dit à personne !

— Que pouvais-je faire ? Ç'aurait été la ruine absolue. Par contre, si je celais ce décès pendant trois semaines, j'avais encore une chance de m'en tirer. Le mari de sa femme de chambre, cet homme, est acteur. Il nous vint à l'idée... Il me vint à l'idée qu'il pourrait se faire passer pour ma sœur pendant ce bref laps de temps. En somme il ne s'agissait que de la montrer chaque jour dans sa voiture puisque personne n'avait besoin d'entrer dans sa chambre sauf sa femme de confiance. Ce n'était pas difficile à arranger. Ma sœur était morte de l'hydropisie qui la faisait souffrir depuis si longtemps.

— Ce sera au coroner de l'établir.

— Son médecin certifiera volontiers que depuis des mois ses symptômes annonçaient une fin imminente.

— Soit ! Qu'avez-vous fait ?

— Le corps ne pouvait pas rester là. La première nuit Norlett et moi la transportâmes dans un vieux kiosque toujours fermé et où personne ne va. Mais nous fûmes suivis par son épagneul favori qui resta à japper devant la porte. Il fallait trouver un endroit plus sûr. Je me débarrassai du chien et nous portâmes le corps dans la crypte de la chapelle. Il ne se passa rien d'indigne ni d'irrespectueux, monsieur Holmes. Je n'ai pas le sentiment que j'ai fait injure à la morte.

— Votre conduite me semble inexcusable, Sir Robert. »

Le baronet secoua la tête avec impatience.

Il est facile de prêcher ! dit-il. Si vous vous étiez trouvé dans ma situation, vous jugeriez peut-être différemment. On ne peut pas voir tous ses espoirs et tous ses projets balayés au dernier moment sans essayer de se sauver quand même. Il m'a semblé à moi que ce ne serait pas un indigne lieu de repos si nous la déposions dans l'un des tombeaux des ancêtres de son mari, sur un sol encore consacré. Nous avons ouvert l'un de ces cercueils, retiré les ossements qu'il contenait, et nous y avons placé ma sœur comme vous l'avez vue. Quant aux ossements que nous avions retirés, nous ne pouvions pas les laisser par terre dans la crypte. Norlett et moi nous les avons ramenés au château, et la nuit il descendait les brûler dans la chaudière. Voilà mon histoire, monsieur Holmes, bien que je ne sache pas encore comment vous m'avez forcé la main pour vous la dire. »

Holmes demeura quelque temps à méditer en silence.

« Dans votre récit, Sir Robert, il y a un point faible. Vos paris sur la course, et par conséquent vos espoirs pour l'avenir auraient été encore valables, même si vos créanciers avaient saisi vos biens ?

— Le cheval aurait été saisi lui aussi. Et que leur importaient mes paris ? Très vraisemblablement ils n'auraient pas fait courir Prince. Mon principal créancier est malheureusement mon pire ennemi, un bandit sans scrupule, Sam Brewer, que j'ai dû cravacher une fois à Newmarket Heath. Imaginez-vous qu'il m'aurait épargné ?

— Eh bien, Sir Robert, dit Holmes en se levant, cette affaire doit être portée bien entendu à la connaissance de la police. Il était de mon devoir de l'éclaircir ; voilà qui est fait ; je ne vais pas au-delà. Pour ce qui est de la moralité ou de la décence de votre conduite personnelle, ce n'est pas à moi de porter un jugement. Il est près de minuit, Watson. Je crois que nous pouvons réintégrer notre modeste logis. »

*

Tout le monde sait que ce singulier épisode se conclut sur une note plus heureuse que ne le méritaient les actes de Sir Robert. Prince remporta le Derby ; son propriétaire gagna net 80 000 livres avec ses paris ; les créanciers avaient attendu que la course fût courue ; ils furent alors désintéressés et il resta assez d'argent pour rétablir Sir Robert sur un pied digne de sa famille. La police et le tribunal considérèrent avec indulgence les faits incriminés. Après avoir reçu un blâme pour avoir tardé à déclarer le décès de sa sœur, l'heureux propriétaire sortit indemne de l'aventure, et tout donne à penser à présent qu'ayant survécu à de telles ombres, il terminera honorablement son existence.

L'AVENTURE DU MARCHAND DE COULEURS QUI S'ÉTAIT RETIRÉ DES AFFAIRES

Sherlock Holmes, tout pratique et actif qu'il fût, était ce matin-là d'humeur mélancolique et philosophante.

« L'avez-vous vu ? me demanda-t-il.

— Le vieux bonhomme qui vient de sortir ?

— Oui.

— Je l'ai rencontré à la porte.

— Quelle impression vous a-t-il faite ?

— Un être pathétique, futile, brisé.

— Exactement, Watson. Pathétique et futile. Mais toute la vie n'est-elle pas pathétique et futile ? Son histoire n'est-elle pas un microcosme de l'ensemble ? Nous atteignons. Nous saisissons. Nous serrons les doigts. Et que reste-t-il finalement dans nos mains ? Une ombre. Ou pis qu'une ombre : la souffrance.

— Est-il l'un de vos clients ?

— Eh bien, je suppose que je peux l'appeler un client. Il m'a été adressé par le Yard. Tout à fait comme un médecin adresse parfois un incurable à un charlatan. La police officielle estime qu'elle ne peut rien faire de plus, et que quoi qu'il advienne le malade ne s'en portera pas plus mal qu'aujourd'hui.

— Quelle est son affaire ? »

Holmes prit sur la table une carte de visite plutôt sale.

« Josiah Amberley. Il dit qu'il était l'associé en second de Brickfall & Amberley, fabricants de produits artistiques. On voit leurs noms sur des pots de peinture. Il a fait sa petite pelote, s'est retiré des affaires à 61 ans, a acheté une maison à Lewisham, et s'est installé pour se reposer après une existence de travail ininterrompu. Son avenir paraissait convenablement assuré.

— Ma foi oui ! »

Holmes regarda quelques notes qu'il avait griffonnées au dos d'une enveloppe.

« Il s'est retiré en 1896, Watson. Au début de 1897 il a épousé une femme qui avait vingt ans de moins que lui : une assez jolie femme, si la photographie ne la flatte pas. Il avait donc de quoi vivre, plus une femme, plus des loisirs : une route droite s'allongeait devant lui. Et cependant il n'a pas fallu plus de deux ans pour qu'il devienne, comme vous avez pu vous en rendre compte, le plus misérable et le plus anéanti des êtres qui rampent sous le soleil.

— Que s'est-il passé ?

— La vieille histoire, Watson. Un mauvais ami et une épouse inconstante. Amberley avait une marotte dans la vie : les échecs. Non loin de chez lui à Lewisham habitait un jeune médecin qui était aussi un passionné des échecs. J'ai noté son nom : le docteur Ray Ernest. Ernest venait souvent à la maison ; une certaine intimité naturelle entre lui et Mme Amberley est née de ces visites ; vous avez pu constater en effet que notre infortuné client n'est guère favorisé en charmes extérieurs, quelles que puissent être ses qualités intérieures. Le couple est parti la semaine dernière : destination inconnue. Plus, et pis si l'on veut, l'épouse infidèle a emporté la cassette du vieillard dans ses bagages, et elle n'a pas oublié de prendre la plus grosse partie des économies qui s'y trouvaient. Pourrons-nous retrouver la dame ? Pourrons-nous sauver l'argent ? Le problème jusqu'à présent est d'une banalité extrême, mais vital pour Josiah Amberley.

— Qu'allez-vous faire ?

— Mon cher Watson, la question immédiate qui se pose est : "Qu'allez-vous faire, vous ?"... Si vous avez la bonté de bien vouloir me doubler ! Vous savez que je suis préoccupé par l'affaire des deux patriarches coptes, qui devrait aboutir aujourd'hui. Je n'ai réellement pas le temps de me rendre à Lewisham ; et pourtant une enquête locale est indispensable. Le vieux bonhomme a beaucoup insisté pour que j'y aille, mais je lui ai expliqué mes difficultés. Il est disposé à accueillir mon représentant.

— Je ne crois pas, répondis-je, que je pourrai vous rendre beaucoup de services, mais je ferai de mon mieux. »

C'est ainsi que par un après-midi d'été je partis pour Lewisham. Je me doutais peu qu'avant une semaine l'affaire où je me trouvais engagé soulèverait dans toute l'Angleterre une émotion passionnée.

*

La soirée était fort avancée quand je rentrai à Baker Street pour faire mon rapport. Holmes s'assit dans son fauteuil après avoir allumé sa pipe. De lentes volutes d'une fumée âcre montaient vers le plafond. Il avait laissé ses paupières retomber paresseusement sur ses yeux.

J'aurais pu croire qu'il dormait si, lorsque je m'arrêtais pour reprendre haleine ou lorsque mon récit lui semblait mériter une précision supplémentaire, ses yeux gris n'apparaissaient brusquement, clairs et aigus comme des rapières, pour me transpercer d'un regard inquisiteur.

«M. Josiah Amberley a baptisé sa maison *Le Havre*, expliquai-je. Je crois qu'elle vous intéresserait, Holmes. On dirait un patricien ruiné qui aurait sombré dans la société de ses inférieurs. Vous connaissez ce quartier spécial, ses rues monotones avec leurs maisons en brique, les mornes artères de cette banlieue. En plein milieu se dresse une oasis d'ancienne culture et de confort : c'est cette vieille maison, qu'entoure un haut mur baigné de soleil, marbré de lichens, tapissé de mousse ; le genre de mur qui...

— Retranchez la poésie, Watson ! coupa Holmes avec sévérité. Je note simplement : un mur en brique, et haut.

— Bien ! Je n'aurais pas su que c'était *Le Havre* si je ne m'étais renseigné auprès d'un badaud qui fumait dans la rue. J'ai mes raisons pour mentionner cet homme : il était grand, brun, il avait de fortes moustaches et une allure assez militaire. Il a répondu à ma question par un signe de tête et m'a lancé un coup d'œil curieusement interrogateur dont par la suite j'ai eu à me souvenir.

«J'avais à peine franchi la grille que j'ai vu M. Amberley descendre l'allée. Je ne l'avais qu'aperçu ce matin, et il m'avait déjà donné l'impression d'un être bizarre ; mais quand je l'ai rencontré en pleine lumière, son aspect extérieur m'a paru encore plus anormal.

— Je l'ai étudié, naturellement, me dit Holmes. Mais votre impression personnelle m'intéresse.

— Il m'a semblé littéralement écrasé sous les soucis. Il avait le dos voûté comme s'il portait un fardeau pesant. Cependant il n'est pas aussi débile que je me l'étais imaginé : ses épaules et son thorax pourraient être ceux d'un géant, bien que sa silhouette aille en s'effilant par le bas pour se terminer sur deux jambes en fuseaux.

— Le soulier gauche plissé, le soulier droit lisse.

— Tiens, je ne l'ai pas remarqué !

— Non, vous ne l'auriez pas remarqué. J'ai repéré sa jambe artificielle. Mais poursuivez, Watson.

— J'ai été frappé par les mèches sales de ses cheveux grisonnants qui bouclaient sous son vieux chapeau de paille, ainsi que par sa physionomie : des traits creusés et une expression farouche, avide...

— Très bien, Watson. Que vous a-t-il dit ?

— Il a commencé par me faire le récit de ses chagrins. Nous avons marché ensemble dans le jardin, ce qui m'a permis d'inspecter les lieux. Je n'ai jamais vu un endroit plus mal entretenu. Le jardin est abandonné aux mauvaises herbes ; tout respire une négligence sauvage au sein de laquelle les plantes suivent les caprices de la nature plus que les règles de l'art. Je me demande comment une femme convenable a pu supporter un pareil décor. La maison en est au dernier degré du délabrement. Le pauvre homme semble s'en rendre compte et vouloir y remédier, car un grand pot de peinture se trouvait dans l'entrée, et il tenait un gros pinceau dans la main gauche. Il était en train de repeindre les boiseries.

« Il m'a introduit dans son sanctuaire défraîchi, et nous avons longuement bavardé. Bien sûr il était déçu que vous ne fussiez pas venu vous-même.

« — Je n'escomptais guère, m'a-t-il dit, qu'un homme dans ma condition, surtout après mes gros déboires financiers, pût retenir l'attention d'une célébrité comme M. Sherlock Holmes.

« Je lui ai certifié que la question d'argent n'était pas entrée en ligne de compte.

« — Non, bien sûr ! m'a-t-il répondu. Il travaille

pour l'amour de l'art. Mais même sur le plan artistique du crime il aurait pu trouver ici quelque chose à étudier. Et la nature humaine, docteur Watson ! La noire ingratitude de tout cela ! Lui ai-je jamais refusé quelque chose ? Y a-t-il jamais eu femme plus choyée ? Et ce jeune médecin ! Il aurait pu être mon propre fils. Il avait libre accès chez moi. Il pouvait venir à n'importe quelle heure. Et pourtant voyez comme ils m'ont traité ! Oh ! docteur Watson, ce monde est méchant, terrible !

« Voilà quel a été le thème de ses refrains pendant une bonne heure. Il n'avait pas soupçonné, je crois, leur intrigue amoureuse. Ils habitaient seuls ; une femme de charge venait dans la journée et partait à six heures du soir. Ce jour-là, le vieil Amberley, voulant faire plaisir à sa femme, avait pris deux places de balcon au Haymarket Theatre. Au dernier moment elle s'est plainte d'une migraine et a refusé de sortir. Il y est allé seul. Il me semble qu'il ne peut y avoir de doute là-dessus, car il m'a montré le billet inutilisé qu'il avait pris pour sa femme.

— Très intéressant ! fit Holmes dont l'attention paraissait s'éveiller. Continuez, Watson. Je trouve votre récit captivant. Avez-vous personnellement examiné le billet ? Vous n'auriez pas par hasard relevé le numéro ?

— Justement si ! répondis-je avec une certaine vanité. Il s'est trouvé que c'était mon ancien numéro de collège, le 31 ; je l'ai donc facilement enregistré.

— Bravo, Watson ! Son fauteuil était donc le 30 ou le 32.

— Très juste ! répondis-je ironiquement. Et au rang B.

— Je suis enchanté de vous, Watson. Que vous a-t-il dit encore ?

— Il m'a montré ce qu'il appelle sa chambre forte. En réalité c'est bien une chambre forte, comme dans une banque, avec une porte en fer et des volets à toute épreuve, m'a-t-il proclamé. Cependant sa femme semble avoir eu le double des clefs. Ils ont emporté à peu près sept mille livres en espèces et en titres.

— Des titres ! Comment pourront-ils s'en défaire ?

— Il m'a dit qu'il avait remis à la police une liste des valeurs, et qu'il espérait qu'elles seraient inutilisables. Il était rentré du théâtre vers minuit ; il avait trouvé les lieux pillés, la porte et la fenêtre ouvertes, et les fugitifs envolés sans le moindre message. Depuis il n'a reçu aucune nouvelle. Il a aussitôt averti la police. »

Holmes médita quelques minutes.

« Vous m'avez dit qu'il était en train de peindre. Que peignait-il ?

— Il repeignait le couloir. Mais il avait déjà repeint la porte et les boiseries de cette chambre dont je vous ai parlé.

— Cette occupation ne vous a-t-elle pas semblé bizarre étant donné les circonstances ?

— Il m'a dit : “Il faut bien que je fasse quelque chose pour me distraire.” Voilà son explication. Certes, c'est un peu bizarre, mais l'excentricité ne doit pas lui déplaire. Il a déchiré une photographie de sa femme devant moi, en montrant une fureur effroyable. “Je ne veux plus jamais revoir son visage maudit !” criait-il.

— Rien de plus, Watson ?

— Si. Une chose qui m'a frappé plus que tout le reste. Je m'étais rendu à la gare de Blackheath et j'étais déjà dans le train quand j'ai vu un homme se précipiter dans le compartiment voisin du mien. Vous savez que j'ai l'œil vif pour reconnaître les visages, Holmes ? Eh bien, c'était incontestablement l'homme grand et brun à qui je m'étais adressé dans la rue ! Je l'ai revu à London Bridge, puis je l'ai perdu dans la foule. Mais je suis persuadé qu'il me suivait.

— Sans doute, dit Holmes. Un homme grand, brun, à lourdes moustaches, m'avez-vous dit, avec des lunettes de soleil ?

— Holmes, vous êtes un sorcier. Je ne vous avais pas parlé de lunettes teintées, mais il avait des lunettes teintées.

— Et une épingle de cravate maçonnique ?

— Holmes !

— Enfantin, mon cher Watson ! Mais redescendons au niveau du pratique. Je dois vous confesser que l'affaire, qui me semblait absurdement simple, si simple qu'elle ne méritait guère mes attentions, se présente maintenant sous un jour très différent. Bien que vous soyez passé dans votre mission à côté de tout ce qui était important, les choses qui se sont imposées d'elles-mêmes à votre observation me donnent beaucoup à penser.

— À côté de quoi suis-je passé ?

— Ne vous vexez pas, mon cher ami ! Vous savez que je suis tout à fait objectif. Personne d'autre n'aurait fait mieux. Certains moins bien peut-être. Mais vous êtes visiblement passé à côté de points essentiels. Que pensent les voisins de cet Amberley et de sa femme ? Voilà ce qu'il aurait été important de savoir. Et que pensent-ils du docteur Ernest ? Était-il le gai Lothario que l'on peut supposer ? Avec vos avantages naturels, Watson, n'importe quelle femme vous aide et devient votre complice. Avez-vous interrogé la postière ou la femme de l'épicier ? Je vous vois très bien chuchotant de petits riens à l'oreille de la jeune bonne de *L'Ancre Bleue* et recevant en échange des tas de renseignements. Tout cela, vous l'avez négligé.

— Je peux encore le faire.

— C'est déjà fait. Grâce au téléphone et au concours du Yard, je peux généralement obtenir l'essentiel sans quitter ma chambre. En fait, mes informations confirment l'histoire du bonhomme. Il a la réputation dans le pays d'être un avare en même temps qu'un mari rude et exigeant. Il est certain qu'il avait une grosse somme d'argent dans sa chambre forte. Il est également vrai que le jeune Ernest, célibataire, jouait aux échecs avec Amberley et sans doute à d'autres jeux avec sa femme. Tout cela semble ne pas faire un pli ; on pourrait croire qu'il n'y a rien d'autre à dire ; et pourtant, pourtant !...

— Qu'entrevoyez-vous ?

— Mon imagination, sans doute, travaille... Bien. Restons-en là, Watson. Terminons une journée de labeur par un peu de musique. Carina chante ce soir à l'Albert Hall, et nous avons le temps de nous habiller, de dîner et de l'entendre. »

*

Le lendemain matin, je me levai de bonne heure ; mais des miettes de toasts et des coquilles vides m'apprirent que mon compagnon avait été encore plus matinal que moi. Sur la table je trouvai un billet écrit à la diable.

Cher Watson,

Il y a un ou deux points que je souhaiterais établir avec M. Josiah Amberley. Quand ce sera fait, nous pourrons laisser tomber l'affaire... ou la reprendre. Je voudrais vous prier d'être disponible vers trois heures, car il serait possible que j'aie besoin de vous.

S. H.

Je ne revis pas Holmes avant l'heure dite. Il rentra l'air grave, préoccupé, distant. Dans de tels moments il était plus sage de le laisser seul.

« Amberley est-il venu ?

— Non.

— Ah ! je l'attendais ! »

Il ne fut pas déçu, car bientôt le vieux bonhomme arriva avec une expression de lassitude et d'embarras sur son visage austère.

« J'ai reçu un télégramme, monsieur Holmes. Je n'y comprends rien. »

Il le tendit à Holmes qui le lut à haute voix.

« "Venez tout de suite sans faute. Puis vous donner des renseignements sur votre récente perte. Elman, au presbytère."

« Expédié de Little Purlington à deux heures dix, dit Holmes. Little Purlington se trouve dans l'Essex, il me semble, non loin de Frinton. Eh bien, naturellement, vous allez partir tout de suite ! Ce télégramme émane d'une personne responsable, le curé de l'endroit. Où est mon répertoire ? Voilà, nous l'avons. J. C. Elman, maître ès arts, habitant à Mossmoor, Little Purlington... L'indicateur, Watson, je vous prie !

— Il y a un train qui part à cinq heures vingt de Liverpool Street.

— Parfait. Vous feriez mieux de l'accompagner, Watson. Il peut avoir besoin d'aide ou de conseils. Nous sommes parvenus à un tournant dans cette affaire. »

Mais notre client ne semblait pas du tout disposé à partir.

« C'est complètement absurde, monsieur Holmes ! dit-il. Que peut savoir cet homme de ce qui m'est arrivé ? C'est du temps et de l'argent dépensés en pure perte !

— Il ne vous aurait pas télégraphié s'il n'avait du neuf à vous communiquer. Télégraphiez immédiatement que vous partez pour Little Purlington.

— Je ne crois pas que je vais y aller. »

Holmes prit son air le plus sévère.

« Vous produiriez sur la police et sur moi-même la pire impression, monsieur Amberley, si lorsqu'une piste aussi évidente se révèle, vous refusiez de la suivre. Nous devrions alors penser que vous ne tenez pas beaucoup à approfondir cette enquête. »

Notre client parut horrifié.

« Oh ! j'irai évidemment si vous le prenez ainsi ! dit-il. À première vue il semble absurde que cet ecclésiastique sache quoi que ce soit, mais si vous croyez...

— Oui, je le crois ! » interrompit Holmes avec emphase.

Il me prit à part avant que nous partions et me donna un conseil qui montrait l'importance qu'il attachait à cette démarche.

« Ce qui compte, c'est qu'il parte ! me chuchota-t-il. S'il s'échappe, ou s'il rentre, filez à la poste la plus proche, et envoyez-moi un simple mot : "Décampé." Je m'arrangerai pour qu'il m'atteigne où je serai. »

Little Purlington n'est pas d'un accès facile, car il est situé sur une voie secondaire. Le souvenir que j'ai gardé de mon voyage n'est pas désagréable : il faisait beau et chaud, le train roulait avec lenteur, mon compagnon de route ne soufflait mot, sauf pour lancer par intermittence une remarque sardonique sur la stupidité de ce voyage. Devant la gare nous louâmes une voiture qui nous emmena jusqu'au presbytère, à plus de trois kilomètres. Nous fûmes reçus par un ecclésiastique solennel, imposant, presque majestueux. Notre télégramme était posé sur son bureau.

« Eh bien, messieurs, nous dit-il, que puis-je faire pour votre service ?

— Nous sommes venus, expliquai-je, à la suite de votre télégramme.

— Mon télégramme ? Je ne vous ai pas télégraphié !

— Je veux parler du télégramme que vous avez expédié à M. Josiah Amberley au sujet de sa femme et de son argent.

— Si c'est une plaisanterie, monsieur, elle me paraît d'un goût douteux ! répondit l'ecclésiastique d'un ton sec. Je n'ai jamais entendu prononcer le nom de ce gentleman, et je n'ai télégraphié à personne. »

Notre client et moi nous nous regardâmes avec stupéfaction.

« Peut-être y a-t-il erreur ? dis-je. N'y aurait-il pas ici deux presbytères ? Voici le télégramme que nous avons reçu : il est signé Elman et daté du presbytère.

— Il n'y a qu'un presbytère, monsieur, et un seul curé. Ce télégramme est un faux abominable, dont la police aura à connaître. En attendant, je ne vois pas pourquoi nous prolongerions cet entretien. »

M. Amberley et moi, nous nous retrouvâmes sur la route qui traversait le village probablement le plus primitif de l'Angleterre. Nous nous rendîmes au bureau de poste, mais il était déjà fermé. Cependant, il y avait le téléphone à la petite auberge en face de la gare ; j'obtins Holmes au bout du fil, mon ami partagea notre étonnement.

« Très bizarre ! fit la voix lointaine. Très intéressant ! Je crains, mon cher Watson, qu'il n'y ait pas de train ce soir pour rentrer. Je vous ai bien involontairement condamné aux horreurs d'une auberge de campagne. Toutefois vous avez la nature, Watson, la nature et Josiah Amberley. Vous pourrez être en pleine communion avec les deux. »

J'entendis son petit rire quand il raccrocha.

Je ne tardai pas à m'apercevoir que la réputation d'avarice de mon compagnon n'était pas usurpée. Il avait grommelé sur la dépense occasionnée par le voyage, il avait voulu voyager en troisième classe, le lendemain matin il contesta le détail de la note d'hôtel. Quand nous arrivâmes enfin à Londres, il était difficile de dire lequel de nous deux était de plus mauvaise humeur.

« Vous feriez mieux de passer par Baker Street, lui dis-je. M. Holmes peut avoir de nouvelles instructions à vous donner.

— Si elles valent les dernières, je ne vois pas à quoi elles pourraient me servir ! » répondit Amberley en ricanant.

Néanmoins il m'accompagna. J'avais déjà averti Holmes par télégramme de l'heure de notre arrivée, mais nous trouvâmes un message nous informant qu'il nous attendait à Lewisham. À cette surprise en succéda une autre. Nous découvrîmes qu'il n'était pas seul dans le petit salon de notre client. Un homme au visage grave, impassible, était assis à côté de lui ; il avait des lunettes teintées et une épingle de cravate maçonnique.

« Je vous présente mon ami M. Barker ! annonça Holmes. Il s'est intéressé également à votre affaire, monsieur Amberley, bien que nous ayons travaillé séparément. Mais nous avons tous deux la même question à vous poser ! »

M. Amberley s'assit pesamment. Il sentait l'imminence d'un danger. Je le devinai à ses yeux tirés et à sa physionomie agitée.

« Quelle est cette question, monsieur Holmes ?

— Simplement celle-ci : qu'avez-vous fait des cadavres ? »

L'homme bondit en poussant un cri. Ses mains osseuses battirent l'air. Il avait la bouche ouverte. Pendant un moment il ressembla à un très vilain rapace. En un éclair nous eûmes la vision du véritable Josiah Amberley, démon dont l'âme était aussi tordue que le corps. Quand il retomba sur son siège, il porta une main à sa bouche comme pour étouffer un accès de toux. Holmes bondit comme un tigre, l'empoigna par la gorge, et lui courba le cou jusqu'à ce que son visage touchât presque le plancher. Une pilule blanche s'échappa des lèvres du monstre.

« Pas de raccourcis, Josiah Amberley ! Les choses doivent suivre leur cours normal et régulier. Alors, Barker ?

— Un fiacre attend à la porte, répondit notre compagnon.

— Nous ne sommes qu'à quelques centaines de mètres du commissariat. Je vais vous accompagner. Vous pouvez rester ici, Watson. Je serai de retour avant une demi-heure. »

*

Le vieux marchand de couleurs avait la force d'un lion dans la moitié supérieure de son corps ; mais entre les mains de deux sportifs expérimentés il était réduit à l'impuissance. Il eut beau se débattre, il fut traîné jusqu'au fiacre et je pris ma faction solitaire dans cette maison sinistre. Holmes revint peu après en compagnie d'un jeune et élégant inspecteur de police.

« J'ai laissé Barker veiller aux formalités, me dit Holmes. Vous ne connaissiez pas encore Barker, Watson ? C'est mon grand concurrent sur la côte du Surrey. Quand vous m'avez parlé d'un homme brun et de haute taille, je n'ai pas eu de mal à compléter le portrait. Il a plusieurs bonnes affaires à son actif, n'est-ce pas, inspecteur ?

— Il est en effet intervenu à plusieurs reprises, répondit l'inspecteur avec quelque réserve.

— Oui, ses méthodes ne sont pas toujours régulières. Les miennes non plus. Mais les irréguliers sont parfois utiles, vous savez ! Vous, par exemple, avec votre avertissement réglementaire que tout ce qu'il dirait pourrait être utilisé contre lui, vous n'auriez jamais arraché à ce bandit le début d'une confession.

— Peut-être que non. Mais nous y serions arrivés tout de même, monsieur Holmes. Ne croyez pas que nous n'avions pas notre opinion sur l'affaire, et que nous n'aurions pas arrêté ce bonhomme ! Vous nous excuserez si nous ne sommes guère contents lorsque vous intervenez avec des méthodes que nous ne pouvons pas employer, et que vous nous privez du crédit que nous aurions tiré d'un succès plus tardif.

— Je ne vous retirerai aucun crédit. MacKennon ! Je vous affirme qu'à partir de maintenant je m'efface. Quant à Barker, il n'a fait que ce que je lui ai dit de faire. »

L'inspecteur sembla considérablement soulagé.

« C'est très chic de votre part, monsieur Holmes. La louange ou le blâme vous importent peu sans doute, mais pour nous c'est très différent, quand la presse commence à poser des questions.

— D'accord ! Mais comme de toute manière la presse pose des questions, il vaut mieux avoir les réponses toutes prêtes. Que direz-vous, par exemple, si un reporter intelligent vous demande les points précis qui ont éveillé vos soupçons et qui vous ont finalement convaincu de la réalité des faits ? »

L'inspecteur fut embarrassé.

« Nous ne semblons pas tenir encore la vérité

des faits, monsieur Holmes. Vous dites que le prisonnier, en présence de trois témoins, a pratiquement avoué, en essayant de se suicider, qu'il avait assassiné sa femme et l'amant de celle-ci. Quels autres faits possédez-vous ?

— Avez-vous prévu une perquisition ?

— Trois agents sont en route.

— Alors vous aurez bientôt le fait le plus évident de tous. Les cadavres ne peuvent pas être bien loin. Fouillez les caves et le jardin. Ce ne devrait pas être trop long de remuer les endroits les plus vraisemblables. Cette maison est plus ancienne que les canalisations d'eau. Il doit donc y avoir quelque part un puits hors d'usage. Essayez votre chance de ce côté.

— Mais comment l'avez-vous deviné, et comment le crime a-t-il été commis ?

— Je vous montrerai d'abord comment il a été commis. Ensuite je vous fournirai les explications qui vous sont dues, à vous et à mon très patient ami dont l'assistance m'a été constamment inestimable. Mais en premier lieu je voudrais vous éclairer sur la mentalité de cet individu. Elle est assez particulière, au point que je crois qu'il atterrira plus vraisemblablement à Broadmoor que sur l'échafaud. Il possède à un degré élevé cette sorte d'esprit qui caractérise plutôt le tempérament d'un Italien du Moyen Âge que celui d'un Anglais d'aujourd'hui. C'était un avare redoutable, il s'est rendu tellement odieux par ses mesquineries qu'il a fait de sa femme une proie toute prête pour le premier aventurier venu. Ce personnage s'est présenté sous la personne du médecin joueur d'échecs. Amberley excellait aux échecs : ce qui dénotait, Watson, une intelligence capable de concevoir des plans. Comme tous les avares, il était jaloux ; sa jalousie est devenue une obsession poussée à la frénésie. À tort ou à raison, il a soupçonné une intrigue amoureuse. Il a décidé de se venger, et il a manigancé son projet avec une habileté diabolique. Venez ! »

Holmes nous mena dans le couloir d'un pas aussi assuré que s'il avait vécu dans la maison et il s'arrêta devant la porte ouverte de la chambre forte.

« Pouah ! Quelle affreuse odeur de peinture ! s'écria l'inspecteur.

— Vous venez de tomber sur notre premier indice, dit Holmes. Vous pouvez remercier le docteur Watson qui avait remarqué l'odeur sans toutefois en déduire la raison. Voilà ce qui m'a mis le pied sur la piste. Pourquoi cet homme, à un pareil moment, remplissait-il sa maison d'odeurs fortes ? Évidement afin de masquer une autre odeur qu'il voulait dissimuler : une odeur coupable, qui aurait éveillé des soupçons. Puis je pensai à cette chambre que vous voyez, avec sa porte en fer et ses volets à toute épreuve : une chambre hermétiquement close. Reliez ces deux faits ! où mènent-ils ? Je ne pouvais en décider qu'en examinant moi-même la maison. J'étais déjà certain que l'affaire était grave ; car j'avais pris mes renseignements au Haymarket Theatre (autre information donnée par le docteur Watson à qui rien n'échappe) et j'avais reçu l'assurance que ni le 30 ni le 32 du rang B du balcon n'avaient été occupés ce soir-là. Amberley n'était donc pas allé au théâtre ; son alibi tombait à l'eau. Il a commis une grosse erreur en permettant à mon astucieux ami de relever le numéro du fauteuil qu'il avait loué pour sa femme. La question qui se posait maintenant était de savoir comment je pourrais examiner les lieux. J'ai envoyé un agent dans un village impossible, et j'ai fait convoquer mon bonhomme à une heure telle qu'il ne pouvait pas rentrer le jour même. Pour prévenir tout accident, le docteur Watson l'a accompagné. J'avais pris le nom du curé, bien sûr, dans le répertoire des ecclésiastiques. Est-ce clair ?

— C'est formidable ! répondit l'inspecteur.

— Ne redoutant aucune interruption, je me suis mis en demeure de cambrioler la maison. Le cambriolage m'a toujours tenté, mais je ne m'y suis livré qu'en de rares occasions... Dommage ! J'aurais pu me faire un nom chez les gangsters... Observez bien ce que j'ai découvert. Voyez-vous le tuyau du gaz qui court le long de la bordure ? Très bien. Il grimpe dans l'angle du mur, et il y a un robinet ici dans le coin. Le tuyau se prolonge dans la chambre forte, comme vous pouvez le constater, et aboutit à cette rose de plâtre au centre du plafond, où il est dissimulé par l'ornementation. Cette extrémité du tuyau n'est pas bouchée. À n'importe quel moment, en tournant le robinet de l'extérieur, la chambre pouvait être inondée de gaz. Avec la porte et les volets clos, avec le robinet ouvert, je ne donnerais pas deux minutes de vie à quiconque se trouvant enfermé à l'intérieur. Par quelle ruse infernale les a-t-il attirés là-dedans ? Cela je l'ignore. Mais une fois pris au piège, ils ont été à sa merci. »

L'inspecteur examina le tuyau avec intérêt.

« L'un de nos agents a noté une odeur de gaz, dit-il. Mais bien entendu la porte et la fenêtre étaient ouvertes, et la peinture déjà commencée. Il s'était mis juste la veille à repeindre, nous a-t-il dit. Et quoi encore, monsieur Holmes ?

— Eh bien, il s'est produit un incident imprévu. À l'aube je m'éloignais par la fenêtre de la cuisine quand j'ai senti une main me prendre à la gorge, et une voix m'a dit : "Alors, mon gaillard, que faites-vous ici ?" Quand j'ai pu tourner la tête, j'ai reconnu les lunettes teintées de mon ami et concurrent M. Barker. C'était une curieuse rencontre ; nous en avons bien ri, je crois... Je pense qu'il avait été prié par la famille du docteur Ernest de procéder à quelques vérifications, et il en était venu à la même conclusion que moi. Depuis quelques jours il surveillait la maison, et il avait repéré le docteur Watson au nombre des visiteurs suspects. Il lui était difficile d'arrêter Watson, mais, quand il a vu un homme s'échapper par la fenêtre de la cuisine, il n'a pas pu se retenir. Je lui ai donc fait part de mes découvertes, et nous avons poursuivi l'affaire ensemble.

— Pourquoi lui ? Pourquoi pas nous ?

— Parce que j'avais l'intention de procéder à la petite expérience qui s'est révélée si concluante. J'avais peur que vous ne m'eussiez refusé d'aller aussi loin. »

L'inspecteur sourit.

« Eh bien, nous ne vous l'aurions peut-être pas refusé ! Je crois que j'ai votre parole, monsieur Holmes, que vous vous dégagez personnellement de l'affaire à présent, et que vous nous communiquerez tous vos résultats ?

— Certainement. C'est mon habitude.

— Eh bien, au nom de la police officielle, je vous remercie ! Telle que vous nous avez présenté l'affaire, elle semble claire ; mais il y a encore les cadavres à trouver.

— Je vais vous montrer un petit lambeau de preuve, dit Holmes. Je suis sûr qu'Amberley lui-même ne l'a pas vu. Vous n'obtiendrez de résultats, inspecteur, que si vous vous mettez toujours à la place de l'autre et si vous réfléchissez à ce que vous auriez fait dans son cas. Cette méthode requiert de l'imagination, mais elle est payante. Voyons, supposez que vous soyez enfermé dans cette petite pièce, que vous n'ayez que deux minutes à vivre, mais que vous teniez à faire match nul avec le démon en train de se moquer de vous de l'autre côté de la porte. Que feriez-vous ?

— J'écrirais un message.

— Voilà ! Vous auriez aimé que le public sût comment vous étiez mort. Mais vous n'auriez pas écrit sur du papier. Un papier se voit trop. Par contre, un œil exercé pourrait apercevoir ce que vous écririez sur le mur. Or, regardez ! Juste au-dessus du rebord est écrit au crayon rouge : "Nous av..." Voilà tout.

— Que pensez-vous de cette inscription ?

— Elle n'est qu'à trente centimètres au-dessus du plancher. Le pauvre diable était déjà étendu et agonisant quand il l'a écrite. Il a perdu connaissance avant d'avoir achevé sa phrase.

— Il voulait écrire : "Nous avons été assassinés" !

— Je la traduis aussi de cette façon. Si vous trouvez sur le cadavre un crayon rouge...

— Oh ! nous le chercherons ! Mais ces titres, ces valeurs ? Il n'y a pas eu le moindre cambriolage ! Et pourtant il les possédait ! Nous l'avons vérifié.

— Vous pouvez être certain qu'il les a cachés en lieu sûr. Quand toute l'affaire aurait sombré dans l'oubli, il les aurait subitement retrouvés, il aurait annoncé que le couple coupable s'était repenti et lui avait renvoyé le butin...

— Vous avez réponse à tout ! fit l'inspecteur. Bien entendu, il était obligé de nous alerter ; mais ce que je ne comprends pas, c'est qu'il se soit adressé à vous.

— Simple gloriole ! dit Holmes. Il se sentait si malin, si sûr de lui, qu'il se croyait invulnérable. Il pouvait dire aux voisins : "Voyez ! J'ai consulté non seulement la police, mais même Sherlock Holmes !" »

L'inspecteur se mit à rire.

« Nous vous pardonnerons ce "même", monsieur Holmes ! Car vous avez réussi là un chef-d'œuvre ! »

*

Deux jours plus tard, mon ami me tendit un exemplaire du bihebdomadaire *North Surrey Observer*. Sous une série de manchettes flamboyantes qui commençaient par « L'horreur du Havre » et se terminaient par « Un brillant succès de la police », s'allongeait une colonne serrée qui donnait le compte rendu chronologique de l'affaire. Le dernier paragraphe était typique. Je lus :

« "La perspicacité remarquable avec laquelle l'inspecteur MacKennon déduisit de l'odeur de peinture qu'une autre odeur, celle du gaz par exemple, avait pu passer inaperçue ; la déduction hardie que la chambre forte pouvait être aussi la chambre de la mort ; l'enquête subséquente qui aboutit à la découverte des cadavres dans un puits hors d'usage habilement dissimulé sous une niche à chiens, voilà bien l'exemple digne d'illustrer dans l'histoire du crime l'intelligence de nos détectives professionnels."

— Bah ! MacKennon est un brave type, commenta Holmes avec un sourire indulgent. Vous pourrez néanmoins classer cette affaire dans nos archives, Watson. Un jour ou l'autre vous raconterez sa véritable histoire. »

Table

La pensionnaire voilée 7
Le problème du pont de Thor 23
L'homme qui marchait à quatre pattes 59
La crinière du lion 87
L'aventure de Shoscombe Old Place 113
L'aventure du marchand de couleurs
qui s'était retiré des affaires 137

Composition réalisée par INTERLIGNE

Achevé d'imprimer en mars 2010, en France sur Presse Offset par
Maury-Imprimeur - 45330 Malesherbes
N° d'imprimeur : 153728
Dépôt légal 1re publication : juin 1998
Édition 05 - mars 2010
LIBRAIRIE GÉNÉRALE FRANÇAISE - 31, rue de Fleurus - 75278 Paris Cedex 06

31/4482/1